ガッチャマン クラウズ ノベライゼーション
SUGANE NOTE 2015-2016

著 大野敏哉
イラスト キナコ　原作 タツノコプロ

一迅社

ガッチャマン クラウズ ノベライゼーション
SUGANE NOTE 2015-2016

目次

登場人物

橘 清音
立川市内の高校に通う男子高校生で、ガッチャマンのひとり。非常に真面目で、強い正義感と責任感の持ち主。

一ノ瀬はじめ
清音と同じ高校に通う高校2年生で、新たにガッチャマンの一員になった少女。マイペース。

枇々木 丈
立川市役所で働く公務員で、ガッチャマンのひとり。仕事とプライベートの顔を使い分けている。

O・D
ガッチャマンのムードメーカー的存在。オネエ口調で、誰に対してもフレンドリーに接する。

うつつ
清音やはじめと同じ高校に通う、ガッチャマンのひとり。O・D以外の人と接することは稀。

パイマン
パンダによく似た宇宙人。J・Jに絶大な信頼を寄せる、自称・立川ガッチャマンのリーダー。

J・J・ロビンソン
「評議会」のメンバーで、地球の監視者。ガッチャマンを任命したり、予言を与えたりする存在。

LOAD GALAX
SNS「GALAX」内のカリスマ的存在。世界をアップデートするために行動する。

ベルク・カッツェ
宇宙人を自称する、すべてが謎に包まれた存在。

2015年　8月15日

今日、俺はすごいものを見た。
驚《おどろ》いた。胸がしめつけられて、一歩も動けなかった。
何もできないまま、ただ立ち尽くした。
その時の感じを、俺はまだうまく言葉にできない。
今まで生きてきた感覚、あらゆる感情、喜《き》怒《ど》哀《あい》楽《らく》……。
どれもぴったりあてはまらない。
とにかく俺はずっと見ていた。
あいつを。
何度も目を背けたくなった。
でも背けちゃいけないと思った。
だめだ。やっぱりまだ言葉にできない。
落ち着いたらもう一度書いてみようと思う。
俺たちってなんだ。
ガッチャマンって、ヒーローって、なんなんだ。
さっきからずっと、そんなことばかり考えている。

2015年　1月1日

新年あけましておめでとうございます。
橘《たちばな》 清音《すがね》です。
今日から日記を書き始めることにしました。
って……誰に言ってんだか……。
書くと決めたはいいけど、何を書けばいいのかさっぱりわからない。
でもなぜか今年から、毎日の出来事や感じたことを書き記してみようと思った。
どうしてかわからないけど、そうしたくなった。
いや、そうしなきゃいけない気がした。
ガッチャマンの任務についての日記になるかもしれない。
そう、俺はガッチャマンの一員だ。
地球外生命体を、地球から排除するのが仕事だ。
つまりこれは、戦闘日記？
「兵隊はみな日記を書いている」
いつか見た戦争のドキュメンタリーでそう言っていた。
明日にも死ぬかもしれない身だからだという。
だから俺も、日々の任務のありさまを書き記すことで、いつか何かの役に立てば……。
……いや、違う。

きっとそういうことじゃない。
はっきりわからないけど、そういう目的ではない気がする。
自分の気持ちなのに、こんなにうまく書けないとは……。
じゃあなんだ？
俺はなんのために日記を書こうと思ったんだろう。
……すいません。わかりません。
今のところこの日記を誰かに見せるつもりはない。
もしかしたら今時こういうことはブログというやつに書くのかもしれない。
でも恥ずかしながら俺はそういうものに疎《うと》い。すごく。
だから日記だ。
ごく普通の日記帳に、ごく普通のペンで書いている。
自分に合ったペンを探すのは案外時間がかかった。
立川駅にあるグランデュオ六階の文房具屋で選んだ。
ずっと試し書きしていたら何度も店員さんに見られた。
申し訳なかった。
いや、そんなことはどうでもいい。
やっぱり、何を書けばいいのか、全然わからない……。

２０１５年　１月１６日

毎日書くつもりだったのに、早速日にちが空いてしまった。

情けない……。

正月はあっという間に終わった。

実家に帰ってお餅《もち》をたくさん食べた。

でも俺の仕事には正月休みなんかない。

ＭＥＳＳ《メス》は（ＭＥＳＳというのは俺たちが戦っている敵のことです）、正月だからといって休んだりしない。

実際、一月三日に現れた。名古屋に。

戦った。それほど大変ではなかった。

いつもと変わらない戦闘だ。

任務を終えて味噌《みそ》カツを食べた。

美味《おい》しかった。

……相変わらず書くことが思いつかない。

学校に行って、時々ＭＥＳＳと戦って、家に帰って夕飯を作る。そしてリーダーと一緒に（リーダーというのは我々Ｇ《ジー》メンバーのリーダーであるパイマンさんのことです）食べる。

それだけだ。

それが俺の毎日。

時々自分がとんでもなくつまらない人間に思える。
だめだ。話題を変えよう。
この日記帳は白い。
表紙が白という意味だ。
白い表紙に、金色の細い文字でDiaryと書かれている。
装飾はそれだけ。
シンプルで気に入ったからこれに決めた。
俺は白が好きだ。
前にそう言ったら丈《じょう》さんに「お前はまだまだだな」と言われた。
どうしてだろう。
白が好きじゃいけないんだろうか。
あ、丈さんというのはGメンバーの仲間、いや、先輩にあたる人です。
この日記帳は一年分書けるやつだ。
まだまだ先は長い。
果たしてこの果てしないページを埋《う》めることができるのだろうか。
なぜか日記帳について書いている。
意味ないな……。

2015年　2月19日

しまった。全然書いてなかった……。

今日は晴れていた。午後になったら曇った。

ちなみに俺は東京都《とうきょうと》立川市《たちかわし》に住んでいる。

高校も立川にある。

学校の授業は退屈だ。

教室にいても、友達《ともだち》と話していても（といっても実際はほとんど話さないけど）、いつも気持ちが焦《あせ》る。

今もMESSがどこかにいて、人々を取り込もうとしているかもしれない。

ついそう思ってしまう。

取り込むというのはMESSの習性だ。

あいつらはなぜか人間をその体に取り込む。

俺たちはあいつらを退治して、取り込んだ人間たちを解放する。

それが主な任務。

しかしこんなこと書いて大丈夫だろうか。

最近は秘密を漏《も》らしてはならないという物騒な法律もあるし。

俺たちが抱えている秘密は特別なものだ。

日本政府でさえ俺たちが日々地球を守っていることを知らない。

この日記を誰にも読まれないように万全の注意をしなければならない。

携帯《けいたい》とかパソコンとかはその中のデータを盗まれることがあるというけど、その点、日記帳は安心だ。

いつも鞄《かばん》に入れて持ち歩いている。

学校の休み時間に書くこともある。

といっても実際ほとんど書いてないけど……。

まったく、俺は毎日何も考えてないのかと嫌になる。

とにかく書こう。

前に進まなければ何も見えてこない。

あとは、なんだろう。

今日の夕飯は、マグロの山かけとキンピラゴボウと、ご飯と味噌汁だった。

リーダーは今日も美味しいとは言ってくれなかった……。

もしかして俺の料理は不味《まず》いんだろうか。

いや、そんなはずはない。

ちゃんと本の通りにやってるし。

最初はリーダーが地球人じゃないからだと自分を納得させていたけど、でももういい加減地球の食べ物に慣れているはずだし……。

だっていつもビールとはちみつかりんとうを美味しそうに食べてるし……。

（最近飲みすぎなので少し心配です）

リーダーは小柄だ。

身長は三十三センチ。

O《オー》・D《ディー》さんがいつか測ったらしいけど、いくらなんでもそこまで小さくはないだろうと思っている。

O・Dさんというのは……。

長くなるのでまた今度説明しよう。

リーダーの話だ。

本当の名前はパイマン。確か正式にはもっと長い名前だった気がする。

申し訳ないけど覚えていない。

Gメンバーのリーダー。

でもそれは「自称」だとO・Dさんが言っていた。

でも今のメンバーの中で最古参であることは間違いない。

性格は、心配性。それも極度の。

G《ジー》スーツ（ガッチャマンが戦う時の戦闘服）の防御力が非常に高く、緊急事態には他のメンバーの盾となる。

とはいっても、今のところリーダーに守ってもらったことはないんだけど……。

これは批判とかそういうのではなくて、事実だ。

あとは、なんだろう。

やっぱり、心配性ということが頭に浮かぶ。

トイレの電気は消したかとか、ガスの元栓《もとせん》や戸締まりは大丈夫かとか……。

いちばん心配しているのは俺たちがガッチャマンであることが世間に知られていないかということ。

俺は大丈夫だけど、リーダーは……。

リーダーの外見は正直普通ではない。

どう見ても人間ではない。

だからリーダーはあまり単独で外出しない。

必要なものは俺がすべて買いに行く。

外出する時はたいてい俺かO・Dさんが一緒。バレそうになったら俺やO・Dさんはリーダーをぬいぐるみとして抱きかかえる。

(単純な対策だがこれがいちばん有効なのだ)

ちなみにリーダーとO・Dさんは付き合いが古いらしく仲がいい。時々二人で大笑いしているけど、なんの話をしているのかはわからない。

時々思う。

俺は毎日宇宙人と一緒にいるんだなぁって。

正直、学校に友達はあまりいないから、毎日、地球人より宇宙人と話すことの方が多いということになる。

リーダーにいたっては毎日一つ屋根の下で暮らしている。

もうさすがに慣れたけど、最初は戸惑った。

正直に言おう。

パンダだ！って思った。

ちなみにリーダーはパンダによく似ているけどパンダではない。

リーダーの前で「パンダ」という言葉は禁句だ。

すごく怒る。

パンダが大嫌いらしい。

でもリーダーの部屋はパンダのぬいぐるみだらけだ。

「これはカモソラージュ作戦だ」

リーダーはそう言ってたけど、でも、これはここだけの話だけど、時々酔っぱらってぬいぐるみを可愛《かわい》がったり、抱きしめて眠ったりしている。

まずい。

こんなのリーダーに見られたら大変だ。

でもおかげで今日は長く書けた。

といっても、全然たいした内容じゃないな……。

2015年　3月7日

忘れてた！　ごめんなさい！
って、誰に言ってるんだ俺は。
いい加減真面目《まじめ》に書こう。
決めたじゃないか。
今年こそは日記をつけるぞって。
一度決めたことは何があっても成し遂《と》げろ。
これは父親から授かった、もっとも大切な言葉だ。
そう、最近忘れていた。
この言葉を思い出しただけでも、日記をつけた価値がある。
と、そういうことにしておこう。
おやすみなさい。

2015年　3月29日

今日は丈さんの誕生日だった。
でも特に何もなかった。
O・Dさんが「おめでとう」と言って丈さんを抱きしめていた。
ハグというやつだ。

丈さんは少し嫌そうだったけど笑っていた。
俺は「おめでとう」とは言わなかった。
だって照れ臭いし。
それに……なぜか言う気になれなかった。
去年は言った気がする。
でも今年はそういう気になれなかった。
理由は自分でなんとなくわかってる。
……丈さんのことはまた詳しく書こう。

夜、父親から電話があった。
特に用事があったわけじゃなさそうだ。
「ちゃんとやってるか？」
大体それしか言わない。
実際何をやってるか言うことができないから不安なんだろう。
時々、心配かけて申し訳ないなと思う。
でもこれは俺が自分で選んだ道だ。
たまにはこっちから電話してみよう。
そう思った。

2015年　4月24日

しまった！
またひと月近く空いてしまった。
高校三年生になった。
というか、もう一度三年生をやることになった。
留年。
任務で学校に行けない日が多かったから仕方ない。
でも後輩がクラスメイトになるのはちょっと複雑だ。
まぁいいんだけど……。
明日こそ書く。
すいませんでした！

2015年　5月8日

また空いた。
自分で自分にうんざりする。
もう五月になってしまった。
とりあえず今日見たものを書いておこう。

神棚《かみだな》、NOTE《ノート》、掛け軸《じく》、サバの煮付け、青空、モノレール、学校、教科書、サッカーボール、信号、芝生《しばふ》、うつつ……。

意味ないな、こんなの……。

おやすみなさい。

2015年　5月16日

相変わらず何を書けばいいのか……。

正直に告白する。

今日、ふと日記なんかやめてしまおうと思った。

情けない。

父親に怒られる。

俺はすぐにそんな弱気な心を振り払って、考えを改めた。

日記だからといってかしこまるからよくないんだ。

そう思った。

そもそもただの記録なんだから何を書いてもいいはずだ。

とにかく書こう。

書くぞ。

リーダーがリビングで寝てしまっている。

ビールの飲みすぎだ。最近リーダーは明らかに飲みすぎている。
何か悩みでもあるんだろうか。
そして俺はリーダーの大好物である、はちみつかりんとうのよさがまるでわからない。
立川の名物らしいが、正直、美味しいとは思えない。
リーダーはなんでこの食べ物に夢中なんだろうか。
リーダーの星にはないんだろうか。
そりゃないか。
時々酔うと自分の星の話をしてくれる。
でも大体ろれつが回ってないので何を言っているかほとんどわからない。
「私は今まで七つの星を守ってきた」
これはリーダーが酔った時に必ず言う言葉の一つだ。
「すごいですね」
そう返すしかない。
今、リーダーを部屋まで運んだ。
軽いからそれほど苦ではない。

2015年　5月28日

言い訳はしない。

今度こそ明日から。
おやすみなさい……。

2015年　6月1日

この息苦しさはなんだろう。
最近よく感じる、言葉にできない感覚。
三日前から降り続けている雨のせい？
いや、違う。もっと俺の中の深い場所に居座っている何かだ。
たとえばモノレールの中。
優先席で足を大きく開いて座る若者がいる。
席を譲《ゆず》れと注意すると睨《にら》まれる。
こういうことは一度や二度じゃない。
周りの人は何も言わずにちらっと俺を見る。
気まずい沈黙が流れる。
なんだか俺が間違っているように感じる。
見て見ぬふりをすればこんな思いをしなくて済むだろう。
でも、どうしても黙っていられない。
だってすぐ目の前にお年寄りが立っている。

気づかないなんて嘘《うそ》だ。

「そんなもんだろう」とリーダーは言う。

「だってここは地球だぞ」

リーダーはいつもそんな言い方をする。

地球なんてしょせん保護観察中の星。

だからそこに住む生物が未熟なのはあたり前なのだと。

宇宙は広い。

詳しいことは知らないけど、この地球は宇宙の中ではだいぶ下のランクに位置するらしい。

「研究生みたいなものだ」とリーダーは言っていた。

「ほらあるだろ？　あの研究生たちの、しかもいちばん下ぐらいだ」

アイドルグループの序列のことを言っている気がしたが、確かめなかった。

そういえばリーダーはその手のテレビをたまに見ている。

それは、今はいい。

つまり俺は、リーダーに「そんなもんだろう」と言われるたびに、なんだか悔《くや》しい気持ちになる。

そして、なんともいえない息苦しさを感じるのだ。

なんというか、本当の正しさってなんだろう、みたいな。

正しいと思うことをしても、報われることはない、というか……。

なんともやりきれない気持ち……。

こうして言葉にしてみると、それもなんだか違う気がする。

言葉というのは本当に難しい。

俺はいつも、夜に花みどり公園で居合いの稽古《けいこ》をしている。刀を振るたびにその季節に応じた風を感じる。

とても気持ちいい。

たとえるなら、俺が最近感じる息苦しさは、その風からもっとも遠いものだ。

つまり、そうだ。手ごたえがない。

そうなのかもしれない。

まっすぐ突き進んでも、誰も受け止めてくれずに肩すかしを食らう感じ。

そういうことなのかもしれない。

でも俺は、こういうことを誰に話すわけでもない。

前にも書いた気がするが、学校に友達はいない。

Gメンバーの人たちにもあまりそういうことは話さない。

だからこうして日記に記している。

今度、丈さんに話してみようか。

こんな話をできるのは、丈さんくらいだ。

今日は小松菜のおひたしとアジの開きを作った。

リーダーは今日も美味しいとは言ってくれなかった。

「清音、いつもありがとうな」

あれはどういう意味なんだろう……。

P・S
今日は初めてちゃんと日記らしいことを書けました。
少し嬉しいです。

2015年　6月2日

またあの夢を見た。

気づくと俺はCAGE《ケージ》にいた。

（CAGEとは俺たちガッチャマンの基地のことです）

朦朧とした意識の中に低い声が響く。

「泣くな。男だろ」

そう言われて俺は初めて自分が泣いていることに気づく。

いつもの夢だ。

いや、それは元々夢じゃなかった。

九年前、俺が十才の時に実際にあったことだ。

その低い声が俺の記憶を呼び覚ます。

その日の朝、学校に向かう途中で突然意識を失った。

何が起きたかはわからない。

ただプツッと意識が途切れて、気づくと目の前にあの人が立っていた。

枇々木《ひびき》丈。

俺の運命を決めた人。

「お前もいつか、誰かを守れよ」

微笑《ほほえ》むその顔を見て、助かったんだと思った。

また涙があふれそうになったけど、ぐっとこらえた。

この人にバカにされたくない。だめな奴《やつ》だと思われたくない。その日初めて出会ったのに、なぜかそう思った。

去っていく背中が大きく見えた。

そう。丈さんは大きかった。

今だって俺より十センチ以上は高い。

でも、今はそれほど大きくは感じない。

いつからか丈さんは変わった。

背中を丸めて歩くようになった。

俺たちＧメンバーの掛け声である、ガッチャ！という言葉をちゃんと言わなくなった。

戦闘の時もやる気を見せず、遠くから俺を眺《なが》めることが多くなった。

丈さんはいつか俺にこう言った。

「俺たちにできることなんて、どうせたかがしれてる」

なんでそんなことを言ったのか今でもわからない。

そんなこと、丈さんの口から聞きたくなかった。

だって俺は丈さんに救われたんだ。

俺もこんな人になりたい。

強くて、たくましい、男になりたい。

俺が今、日々、地球を守るために戦っているのは、丈さん、あなたのおかげなのに……。


布団から出てベランダに出るといつもの音が聞こえた。

自衛隊のヘリだ。

その向こうの空に、羽ばたく鳥が見えた。

飛ぶ鳥を見ると、いつも目で追ってしまう。

いつか調べたことがある。

鳥は種類によって飛び方が違うらしい。

大きな鳥は優雅に翼を広げ、小さな鳥はせわしなく羽ばたく。

あの時の丈さんはとてつもなく大きな鳥に見えた。むやみにその羽根をばたつかせることなく、何事にも動じずに優雅に飛ぶ鳥に見えた。

俺はどうだろう。

Ｊ《ジェイ》・Ｊ《ジェイ》は言った。

「選ばれし雛《ひな》は、この星を守る翼となる」

俺は選ばれた。

丈さんに助けられたあの日に、そう願ったからかもしれない。

俺は選ばれて、俺だけの翼を授けられた。

「誰しもその心の奥に秘めた力がある」

これもＪ・Ｊの言葉だ。

Ｊ・Ｊとは俺たちＧメンバーに指示を授けるＪ・Ｊ・ロビンソンのことだ。

俺たちＧメンバーのリーダー？　ボス？

いまだにその存在は謎だ。

リーダーに聞いても「余計なことは考えるな」と言われる。「我々はＪ・Ｊ様の指示に従っていればいいんだ」と。

あの時、俺がこの星を守る翼となった時、Ｊ・Ｊは言った。俺の胸からＮＯＴＥを引き抜いたあの瞬間。

（ＮＯＴＥとは手帳に似たもので、俺たちガッチャマンの超常能力の源となるものです。変身す

る時に使用します）

「日覚めよ、今はまだ見えぬその翼に」

Ｊ・Ｊと目を合わせたのはあの時、ただ一度だけ。ものすごい迫力だった。すべてを圧倒し、でもすべてを包み込むような……。

俺は今日も戦った。この翼を広げて。この星を守るために。

今はまだ見えぬ翼。

それはなんだろう。

俺は今、その自分だけの翼を手に入れているのだろうか。

丈さんは……あの人の翼は今……。

やめよう。

あの人は今でも俺の恩人だ。

雑念は戦闘の妨《さまた》げになる。

一意専心《いちいせんしん》。

俺は毎日、与えられた任務を遂行《すいこう》するだけだ。

２０１５年　６月３日
戦闘が長引いてまた遅刻した。
場所は沖縄だった。

戦いながら浜辺ではしゃぐ人たちを見た。
きっと観光客だろう。家族連れもいた。
すごく楽しそうだった。
羨ましいわけではない。
でもたまには俺もあんなふうに遊びたい。
といっても、浜辺にいても何をしたらいいかわからないけど……。
そういえば丈さんも泳いでいた。
水上バイク？みたいなのもやってた。
任務中に一体何をしてるんだ。
そう思ったけど言えなかった。
それは、いい。
ワープで行って、ワープで戻ってくるだけだから距離は関係ない。
でも東京と沖縄を往復していることには変わりなく、なんだか疲れてしまう。
いつものようにＭＥＳＳに取り込まれた人たちをサルベージ（救出）した。
ほとんどの人が水着姿だった。
サルベージされると、ＭＥＳＳに取り込まれていた記憶は消去される。
みんな水着姿できょとんとしていた。
なんだか滑稽《こっけい》だったけど、笑えるようなことではない。

彼らはまたあの浜辺に戻って泳ぐのだろうか。取り込まれる前みたいに、楽しくはしゃぐことができるのだろうか。

急いで学校に行ったら、古文の授業の途中だった。

「すいません。遅れました」

そうやって何度謝っただろう。

もちろん言い訳はしない。

秘密は喋《しゃべ》れないから、遅刻は遅刻だ。

先生もクラスメイトも、もちろん俺たちの任務のことは知らない。

みんな俺のことをどう思ってるんだろう。

時々遅刻してくる、刀を携《たずさ》えた生徒。

変な奴だと思っているに違いない。

前にクラスメイトがスマホ（スマートホン）でガッチャマンについて調べているのを見た。

ガッチャマンは幽霊《ゆうれい》やＵＦＯみたいに、いるかもしれないけど、たぶんいないだろう程度の存在だ。

まさかそのクラスメイトも、同じ教室にガッチャマンがいるなんて思いもしないだろう。

しかし、いつまでこの任務は秘密なんだろう。

政府が公認とかしてくれたら、堂々と遅刻できるのに。

そうすれば優遇されて、留年することもないのに……。

あぁ、もう一年、高校に残ることになったらどうしよう。

二つも年下の奴らと同級生になってしまう……。

だめだ。弱音を吐くな。

これが俺の人生なんだ。

俺は毎日、あの日俺を殺しかけた危険な生命体と戦っている。

MESS。それが奴らの名前だ。

「混乱」とか「めちゃくちゃ」という意味。

その名のとおり、奴らの目的はわからない。

奴らは人間や機械にちょっかいを出す。

そしてそれらをその幾何学的《きかがくてき》な体に取り込む。

すると奴らは色とりどりのキューブ状の物体に変わって、宙に浮かぶ。

俺たちは奴らと戦う。

俺の武器は刀だ。

この刀で奴らをこらしめ、取り込んだ人間や機械を吐き出させる。

俺は運よく助かったけど、奴らに取り込まれたまま行方《ゆくえ》不明になってしまった人たちもいる。

だから毎日気を抜くことはできない。

でも、本当に俺、卒業できるのかな……。

くそっ、また弱音だ。

自分がこんなに弱音を吐く人間だと、日記をつけて初めて気づいた。
まだまだ鍛錬《たんれん》が足りない。
でも、たまにはそんな日もあったっていいだろう。
だって来年、俺はハタチになる。
なのに、ちょっと前まで「先輩」と呼んでた奴らが今では「清音君」と呼んでいる。
別にいいんだけど……。
この刀に馴《な》れ馴れしく触れてこなければ……。
女子ってやつはなぜか平気でいけないことをする。
今時、刀を持つ人間が珍しいのはわかる。
にこりともしないクラスメイトをからかいたい気持ちもわからなくはない。
でも、お願いだ。触らないでほしい。
刀は危ない。
いや、それ以上に、神聖なものなのだ。
他のみんなにはそういうものはないのだろうか。
触れてはならない、神聖なもの。
何にも代えがたい、大切なもの。
誰にでもあると思うんだけどな……。
「清音君ってあんま笑わないいね」

女子は平気で傷つくようなことを言う。

わかってる。俺は普通じゃない。

普通の高校生は変身して地球外生命体と戦ったりしない。

しかし、女子はもっと、静かであってほしい。

静かに男の任務を、見守っていてほしい。

いつかそんな話をしたら丈さんに言われた。

「お前は一生オンナできないだろうな」

傷ついた。

別にオンナが、いや、女性が、ほしいわけではない。

モテたいわけでもない。

俺の考えはちょっと変なんだろうか。

でも俺は「こうあるべき」が世の中を正しい形にしていると信じている。

女子は女子らしく、男は男らしく、学生は学生らしく、父親は父親らしく……。

そうやってあえて線を引くことで、互いを尊重し、思いやり、正しく美しい世界を保つ。

それがだめなんだろうか。

確かに、俺は周りのみんなとは違う。

この感覚はガッチャマンになった時から体の奥に染み込んでいる。

部活とかデートとか、みんながしてるようなことをのんきにする気にはなれない。

時々羨ましく思う時もあるけど、仕方ない。

俺は携帯も持っていない。クラスメイトから「ありえねー」と言われた。悪いがこっちからすれば、その喋り方が「ありえない」ということになる。

携帯なんか要らない。

NOTEがあればいつだってGメンバーたちと連絡が取れる。

（NOTEはメンバー同士の連絡手段としても使用できます）

そして、本当に大切なことはこの日記帳に書いている。

スマホというやつには触ったこともない。

そうだ。気になることがある。

最近クラスメイトはあのスマホというやつに話しかけている。

彼らだけじゃない。

電車に乗ってもみんなスマホに話しかけている。

あれは一体何を話しているんだろう。

人間が、機械と話す。

そういう時代になったということなんだろうか。

最近わからないことがどんどん増えている気がする。

そのたびにまたあの息苦しさを感じる。

一人だけこの世界から取り残されたような……。

思い出した。
O・Dさんもこの前、スマホに話しかけていた。
そんなに流行《はや》ってるんだろうか……。

2015年　6月7日

今日のMESSは手ごわかった。
正確に言うと、手ごわいという感じではない。
いつもよりちょっと逃げ足が速かっただけだ。
奴らは逃げる。
こっちが攻撃《こうげき》を仕掛けると、まるで悪戯《いたずら》がバレた子どもみたいに逃げる。
今日のMESSは、その追いかけっこを楽しんでいるようにさえ見えた。
あいつら、一体何がしたいんだ。
リーダーに聞いたけど「わからない」と言う。「わからなくて当然だ」と。
だって宇宙人だぞ、と。
俺とお前がこうやって普通に話してることの方が珍しい。奇跡に近いのだ、と。
言われてみるとそうだ。
同じ地球にいても、他人が何を考えてるかわからないことも多い。
それが宇宙人なら尚更《なおさら》、ということか。

ずっとわからないものと戦っていると、いろんなことがわからなくなってくる。

この戦いはいつ終わるのだろうか。

そもそもMESSは一体だけなんだろうか。

それとも世界中に何体もいるんだろうか。

そんなことすらわからずに俺たちは日々戦っている。

果てのない旅を続けているみたいだ。

奴らはなぜか人が多いところに出没《しゅつぼつ》することが多い。

それがヒントなんだろうか？

「考えるな」とリーダーはいつも言う。

「黙って任務を遂行すればいいんだ」と。

そう言うリーダーはめったに変身しない。

うつつもNOTEでの伝達作業は頑張《がんば》ってくれているけど、緊急を要する事態にならなければ変身しない。

O・Dさんにいたっては変身したところを一度も見たことがない。

そして丈さんは……。

まぁ、いい。

俺はこの星のために、命を盾にして戦うと決めたのだ。

変身して闘う時の感覚はうまく言葉にできない。

いつだって怖い。慣れることはない。
恐怖を声で振り払う。
俺を守ってくれる、刀を信じる。
それだけだ。

雨が降ってきた。
洗濯物《せんたくもの》を干さなくて正解だった。
雨は嫌いじゃない。
気づくとずっと眺めている時もある。
歯を磨《みが》いて寝よう。

2015年　6月8日
今日はO・Dさんの誕生日だった。
年齢はわからない。
そもそも地球人ではない。ハーフらしい。
お父さんが地球人。お母さんが宇宙人。
あれ？　もしかしたら逆だったかもしれない。
昨日あんなに雨が降っていたのに、晴れた。

「私の誕生日って、絶対雨が降らないのよね〜」

O・Dさんはそんな喋り方をする。

いわゆる女言葉だ。

でも実際は男、だと思う。

そういう趣味があるかどうかは、聞いたことがないからわからない。

O・Dさんはでかい。二メートル近くある気がするけど、これも確かめたことがないからわからない。

名前は『ｏｖｅｒ　ｄｏｉｎｇ』の略なんだという。

悪乗り、やりすぎ、そんな意味らしい。

ていうことは、あだ名なのかな？

俺たちはお互いのことを知らなすぎる。

それで別に不便はないけど、この先もずっと知らないままなのかな、なんて思うこともある。

うつつがプレゼントを渡していた。

可愛らしいリボンがついた包みだった。

中身はわからない。

O・Dさんは大きな声で喜んで（とにかく声が大きい！）、うつつをハグしていた。

うつつは笑わなかったけど（そういえば笑うところを一度も見たことがない。俺が言うのもなんだけど）、ちょっと嬉しそうに見えなくもなかった。

そういえば『うつつ』というのもあだ名なんだろうか。

あまり聞かない名前だし。

鬱々《うつうつ》しているから、うつつ。

勝手にそんなふうに思っていた。

確かにうつつはいつも鬱々している。

「うつうつします」

小さい声でよくそうつぶやいているのを聞く。というか、それ以外のプライベートな言葉は聞いたことがない気がする。

うつつがメンバーになって二年。

その間に話したことといえばなんだろう。

雨が降っている時には「雨だね」と話したかもしれない。

「今日のMESSは速かったな」とか。

それから……だめだ。思い出せない……。

うつつとは同じ学校に通っている。

たまにすれ違うけど話さない。

いつもどちらからともなく目をそらしてしまう。

たまに見かける時は、いつもぽつんと一人でいる。

前に屋上で居合いの稽古をしようとしたら、うつつが膝《ひざ》を抱えて座っていた。

なんだか気まずくて、その日は稽古をするのをあきらめた。

あんなに鬱々しているうつつが、なんで底抜けに明るいO・Dさんと仲がいいのか。

それはずっと前から疑問だ。

やはり同じ部屋に二人きりで住んでいるからだろうか。

二人が住んでいるのは、俺とリーダーの部屋の隣。

ガッチャマンション（リーダーがそう言っているだけで正式名称ではないそうだ）の二号室だ。

部屋にいる時の二人はほとんど見たことがない。

たまにO・Dさんに食事に誘われるんだけど、あいにく俺が猫アレルギーなので、あまり行かない。アルタイル（O・Dさんが可愛がっている黒い猫です）には悪いなといつも思うんだけど……。

二人で部屋にいる時、うつつは喋るんだろうか。

そりゃそうだろうな。

ずっと一緒にいるわけだし。

CAGEにいる時、O・Dさんはよくうつつに話しかけているけど、うつつは俺や他のメンバーがいると、こっちを窺《うかが》うようにチラチラ見て、あまり話さない。

CAGEの中ですれ違っても、やっぱり目をそらしてしまう。

そしてうつつは人が近づくとさっと避ける。

学校でもそうだ。

みんなはそのわけは知らないけど、俺たちはもちろん知っている。

うつつのNOTE能力は、誕生と死。

自分の命を分割して、自分そっくりのコピー、いわゆる分身を作ることができる。

うつつの分身は公園でよく見かける。

たいていはゴミ拾いをしている。

一度分身同士でキャッチボールをしていたけど、たぶん見られたくないんだろうなと思って、見なかったふりをした。

分身と本体を時々見間違えそうになるけど、よく見れば体の色が違う。

分身はいつでも自由に作れるらしいけど、その分、自分の命が消費されて、寿命が縮む、らしい。

らしい、としか言えないのは、うつつから聞いたのではなく、リーダーやO・Dさんから聞いただけだからだ。

今ここまで書いて気づいたけど、うつつは自分の寿命を縮めてまでゴミ拾いをしている、ということなんだろうか。

ゴミ拾いはもちろん俺たちの任務ではない。

うつつが自主的にやっていること、だと思う。

たまには手伝ってやるべきなんだろうか……。

うつつがいつも水着姿でいる（学校にいる時はもちろん違うけど）のも、肌が露出している分、分身を作りやすいから、らしい。
俺がつい目をそらしてしまうのも、半分はあの水着のせいだ。
そもそも俺はあれを水着だと思えない。
まるっきり下着じゃないかと思う。
正直、目のやり場に困る。
たまに目をそらした直後にO・Dさんがにやにやとこっちを見ている時がある。
違う。それは誤解です。O・Dさん。
でも、俺がうつつを無視しているように思われていたら、それも誤解だ。
そうだ。うつつが人を避ける理由の話だった。
生命の左、死の右。
リーダーがそう説明していた。
うつつは左手で生き物に触れることで、自分の命を分け与え、傷を治すことができる。
逆に右手を使えば、生き物の命を簡単に奪《うば》うこともできる、らしい。
戦闘の最中に、うつつがその能力を使うところを何度か見たことがある。
MESSに取り込まれそうになった人が転んで、意識を失った。
うつつが左手をその人にあてて、意識を取り戻させた。
初めて見た時は驚いた。
まるで魔法《まほう》のような力だ。

あ、プライベートでも一度だけ見たことがある。

どうしてか忘れてしまったけど（確かアルタイルに追いかけられてだったと思う）、リーダーが泡を噴いて倒れた時だ。

リーダーはうつつに手をあてられると一瞬で意識を取り戻した。

「すごいね」

俺は驚いてそう言った。

「うつうつします」

うつつがそう答えた。

あれも会話というなら、あの時もうつつと俺は話したことになる。

つまり、だから、うつつは人を避ける。

誤って右手が触れてしまえば大変なことになりかねないからだ。

こうやってまとめてみると、ずいぶんと厄介《やっかい》な能力を持っているんだなと思う。

人に近づくことさえ気をつけなきゃならないなんて……。

俺たちGメンバーはそれぞれ特殊《とくしゅ》な能力を持っている。

俺の場合は自在に操れる刀で、うつつの場合は、そういう力だ。

もしかしてうつつがいつも鬱々しているのは、その厄介な能力に関係があるのかもしれない。

うつつの話は、いい。

今日はO・Dさんの誕生日だった。

前にも書いたが、俺はO・Dさんが変身するところを一度も見たことがない。

「悲しきガッチャマン」

O・Dさんはいつもそう言う。

なぜか笑いながら。

リーダーにそのことを尋ねたことがあるけど、「まぁ、変身したら大変なんだよ」と言葉を濁《にご》された。「ぜんぶ終わっちゃうからな」とも言っていた。

一体何が終わってしまうんだろうか。

「周りにあるものぜんぶが消えちゃうんだよ」

いつか丈さんがそう言ってた気がするけど、まさかそんなことはないだろうと思っている。

O・Dさんはいつも明るいけど、実は謎が多い。

出動しないということは、毎日暇《ひま》だということだ。いつも何をしているんだろう。

でもいつだったか、CAGEからエレベーターで上がったところにある花みどりセンターでフラワーアレンジメント？の教室に通っていた。みんなに囲まれていて、人気者という感じだった。

二度目に見た時は、みんなに教えていた。

その姿は「悲しきガッチャマン」には見えなかった。

でも、O・Dさんは、いつも明るく話しかけてくれるんだけど、なぜか距離を感じる。

心を許してるようで許してないような……。

ここまではいいけど、ここから先は入ってこないで。

そう言われてる気が、時々する。

一度だけ、夜の公園で、一人で空を見上げているのを見た。

O・Dさんは俺に気づかなかったけど、俺はずっとO・Dさんを見ていた。

その横顔はちょっと寂しそうだった。

直接言えばよかったのに言えなかったからここに書いておこう。

誕生日、おめでとうございます。

2015年 6月13日

ちょっとの間、日記をサボってしまった。

言い訳するわけじゃないけど、ここのところ毎日戦闘が続いて疲れていた。

宿題もあるし、家事もあるし、なんだかすごく忙しかった。

日記に書くようなことがあるとすれば、おととい、久しぶりに丈さんと話したことかもしれない。

いつも「飲みに行くぞ」と丈さんは言う。

俺がまだ未成年だって知ってるのに。

丈さんは毎晩のように飲み歩いているらしい。O・Dさんによれば、ダーツもやっているみたいだ。

CAGEにもダーツの的がある。

丈さんが勝手に取りつけたらしい。

リーダーは前はよく怒っていたが、最近は何も言わなくなった。

丈さんと話した。

飲みには行けないから、夜の公園で。

俺はいつも夜の公園で居合いの稽古をする。

CAGEがある国際花みどり公園。

誰でも入れる場所だけど、夕方の五時になれば門が閉まって、入れるのは公園の係の人と、俺たちGメンバーだけになる。

夕飯を済ませてから眠るまでの時間、薄暗い芝生の上で俺は一人で刀を振る。

そんなことはする必要はないし、ガッチャマンの任務でもない。

でも刀を振らないと一日が終わった気がしない。

この任務は、いつ何時、何が起こるかわからない。

そんな緊張感の中に、いつも自分を置いておきたいのだ。

「真面目だなお前」と丈さんはいつも言う。

「クソがつくほど」は余計だ。

言えなかったけど、ちょっと頭にきた。

前は丈さんに対して頭にくるなんてありえなかった。

でも、今は……。

こんなこと絶対に認めたくないけど、最近、丈さんからは戦闘に対するやる気を感じない。

「まかせたぞ清音」

いつもそう言って俺が戦うのを遠くから見ている。

あの丈さんが、だ。

俺を助けてくれて、「お前もいつか誰かを守れ」と言ってくれた、丈さんが……。

害虫駆除。

丈さんはＭＥＳＳとの戦闘をそう呼ぶ。

「俺が戦うには敵がちっちゃすぎる」

それでも、と俺は思う。それでも日々、人々の身に危険が及んでいるのだ。

害虫だろうがなんだろうが、俺たちガッチャマンは全力で戦うべきだ。

俺がいくらそう言っても、丈さんは鼻で笑って煙草《たばこ》に火をつけるだけ。

最初は煙草を吸う丈さんをカッコいいと思っていた。

ガッチャマンのマークが入った重そうなライターで、慣れた手つきで火をつける姿に憧《あこが》れていた。

今はそうは思わない。

ハタチになっても煙草は吸わないだろう。

最近の丈さんは、なんか、カッコ悪い。

……ついに書いてしまった。

でも今日はそういう気分だ。

ガッチャマンでありながら、市役所で働いているのもよくわからない。

O・Dさんの話では、丈さんは定時が来たらさっさと仕事を切り上げて飲みに行くらしい。それがどういうことなのか、働いたことがないからわからないけど、それほど熱心な職員じゃないことぐらいはわかる。

「暇だから働いてるだけだよ」

丈さんはそう言うけど、だったらGメンバーとして他にやるべきことがあるような気がする。

「だからお前はクソ真面目なんだよ」

丈さんはいつからかそうやって俺のことを笑うようになった。

前はそんなじゃなかった。

手取り足取り、任務について教えてくれた。

「気を抜くな」

そうアドバイスしてくれた。

どんな時も、道を歩いてる時も、学校で授業を受けてる時も、絶対に気を抜くな。

「敵はすぐそこまで来てるかもしれない」

俺はその教えを守って、今まで気を張りつめて任務に備えてきた。

戦闘の時もそうだった。

丈さんはいつも真っ先に出動して、もたもたする俺を叱《しか》ってくれた。

俺はたいして役に立てない自分を悔《く》やんで、よく丈さんに謝ったものだ。

でも今は違う。まるで別人みたいだ。

「害虫駆除」とか、「クソ真面目」とか、そんなこと、言ってほしくない。

だから、今の丈さんは、カッコよくない。

背中を丸めて煙草に火をつける姿も、どんどんくしゃくしゃになっていく髪も、前と全然違う。

正直、あの時よりずっと小さく見える。

『私たちはみな汚水溝《おすいこう》の中にいる』

これは丈さんが前に教えてくれた言葉だ。

丈さんは東大を出ている。

俺と違っていろんな言葉を知っている。

これは確か、イギリスの古い劇作家の言葉だったと思う。

『私たちはみな汚水溝の中にいる。でも私たちのうちの何人かは空の星を見上げている』

細かい意味はわからない。

でも俺はそこに希望らしきものを感じた。

世界がどんなに汚れてしまっても、俺たちだけは空を見上げるように、この星の未来を信じなければならない。

そんなふうに感じていた。

でも、今の丈さんはどうだろう。

空を見上げているだろうか。

俺は夜の公園で、小さくなった丈さんの背中を見送りながら、またあの息苦しさを感じた。

なんだろう、この感じは。

正しいと思ったことをしてるはずなのに、そう感じることができない、そういう感覚？

だめだ。まだうまく言葉にできない。

ただ、息苦しい。毎日。

俺はそんなもやもやを振り払いたくて、それからずっと一人で刀を振っていた。

2015年　6月22日

また日記を書けずにいた。

何度も書こうとは思ったけど、どうしてもペンを握る気になれなかった。

あの日以来だ。

公園で、丈さんと話した夜。

あれからずっと考えている。

俺たちガッチャマンとはなんなのか。

「考えすぎだ」とみんなに言われる。

みんなといっても、丈さんやリーダーやO・Dさんだけど。

なんだかずっと一人で戦っている気がする。

実際はそうじゃないけど、そんな思いを拭《ぬぐ》うことができない。

うつつが鬱々しているから悪いというわけじゃない。丈さんがやる気を失っているからでも、リーダーが地球を見下しているからでも、O・Dさんが変身しないからでもない。

いや、本当はそうなのかもしれない。

とにかく、どこにいても、息苦しい。

CAGEにいても、学校にいても、街を歩いていても……。

じゃあどうすればこの気持ちが晴れるのか。

いくら考えても答えは出ない。

問題は他人じゃなくて自分自身にあるのかもしれない。

今までとまるっきり違う自分になれば解決するんだろうか。

ガッチャマンをやめて、普通の高校生に戻って、みんなと同じようにカラオケに行って、スマホを買って、みんなみたいに話しかけて……。

そうすればあのクラスメイトたちみたいに、毎日楽しく過ごせるのだろうか。

いや、別に楽しくなりたいわけじゃない。

じゃあ、俺は何をしたいんだ？

戦いたいのか？

そういうわけでもない。

与えられた任務をきちんとやり遂げたいだけ。

だとしたらリーダーと同じだ。

「黙って任務を遂行しろ」

それでいいはずだ。

でも、なんか違う。

「お前中二病か」

いつかクラスメイトの誰かが誰かにそう言っていて、CAGEにあるパソコンで調べたことがある。

自分とはなんなのか。

そんなことをいつまでもぐだぐだと考え続けていること。

それが中二病。

違うかもしれないけどそう解釈した。

まるっきり俺のことかもしれない。

でも俺は病気じゃない。

本気で考えているだけだ。

こうだ！と決めた道をまっすぐ歩いてきたら、なぜだかどんどん息苦しくなってきた。

かといって立ち止まるわけにもいかないし、道を引き返すわけにもいかない。

こんな時、誰に話したらいいんだろう。

NOTEに書けば一瞬でメンバーみんなに伝わるけど、今までプライベートなことを書き込んだ人はいない。

たまにO・Dさんが「おやすみ」と書いてくるぐらいだ。

今までは丈さんになんでも話していた。

丈さんは俺が何を言っても、表情一つ変えずに、その時の俺にぴったりとくる言葉を授けてくれた。

でももう丈さんに話す気にはなれない。

リーダーも無理だ。

O・Dさんなら何か言ってくれるかもしれないけど、きっと大きな声で笑って、「考えすぎは体に毒よ」と言うだけだろう。

実際そう言われたこともある。

O・Dさんは前に俺にこう言った。

「友達を作りなさいよ」と。

「あなたはガッチャマンだけど、何も知らない高校生でもあるのよ」と。

友達を作る。

そうすれば何かが変わるんだろうか。

でも俺は普通の高校生じゃない。

周りのみんなと話せる話題もないし、そういう人生を捨てる決意もした。

Gメンバーは Gメンバーらしくあるべきだ。

人とは違う。そういう意識を高めて、常に緊張感を持って……。

やめよう。

出口のない道をどこまでも歩いている気がしてきた……。

気分を変えて、CAGEについて書いてみよう。

CAGEとは俺たちガッチャマンの基地。

花みどり公園の地下にある。

エレベーターで地下に下りる時は、今でも独特の緊張感を覚える。

CAGEはとても広く、誰の趣味なのか、色とりどりの椅子《いす》や鳥の形をしたオブジェ?らしきものに囲まれている。

この派手な空間にはまだなじめない。

J・Jの趣味なんだろうか。

J・Jは俺たちのリーダーではない。

保護観察下にある地球を監視しに来た宇宙人、らしい。

J・Jは精神の崖という場所にいる。

NOTEを通じて招集がかかると、俺たちはみんな一瞬で精神の崖へ転送される。

いつ行っても緊張する場所だ。

広い空間に浮かぶ大きな玉座にJ・Jはいる。

敷《し》きつめられたクッションのようなものに座っている。

白髪《しらが》に茶色い肌。
その髪にはくしが突き刺さっている。
こうして言葉でいくら説明しても、Ｊ・Ｊのあの独特の佇《たたず》まいは説明しきれない。
なんというか、とてつもない迫力がある。
Ｊ・Ｊと呼び捨てにするのも本当は気が引ける。
リーダーだけは様をつけるけど、それもなんかしっくりこない。
実際、俺たちがＪ・Ｊの名前を呼ぶことはない。話しかけることもない。
ただ、一方的にＪ・Ｊから言葉を授かるだけだ。
それはいわゆる予言だ。
いつ、どこどこに敵が現れる。
具体的な説明はなく、Ｏ・Ｄさんいわくポエムのような表現だ。
といっても実際Ｊ・Ｊが言葉を発するわけじゃない。
その言葉はすべてＮＯＴＥに浮かび上がる。
でも俺はいつも、不思議な話だけど、Ｊ・Ｊの声が聞こえる気がする。
それは耳じゃなくて、心に直接訴えかけられているような感覚だ。
これもうまく説明できない。
Ｊ・Ｊは自分の予言に対してどうしろという指示はしない。
ただ予言を授ける。それだけ。

後は好きにしろという意味なのか。

本当はこうしろという思いがあるのか、まったくわからない。

でも、

「ここは私の星ではない」

時々J・Jはそう言うから、後はお前たちにまかせたという意味なのかもしれない。

俺たちはJ・Jに何も言わない。

スタジアムの座席みたいな自分たちの席から、遠くにいるJ・Jを見るだけだ。

席はたくさんあるけど、今いるのは俺たち五人だけだ。

時々新しいメンバーが来るけど、すぐにやめていく人がほとんどだ。

中には、俺が入ってからはないけど、戦闘中に命を落としてしまった人もいるらしい。

いつも疑問に思う。

J・Jが俺たちメンバーを選んでいるのだとすれば、一体どういう基準で選んでいるんだろう。

俺はどうして選ばれたんだろう。

十才の時に丈さんに助けられて、俺もあんなふうに誰かを守る存在になりたい。

そう願ったことは確かだ。

だから俺はメンバーに選ばれたんだろうか。

J・Jがそんな俺の心を読んで？

わからない。

ありえないような話だが、Ｊ・Ｊならそんなことも可能なのかもしれない。

実際、精神の崖にいる間は、Ｊ・Ｊに心をぜんぶ読まれている気になる。

いつもはお喋りなＯ・Ｄさんも、さすがにＪ・Ｊの前ではおとなしい。

そういえばＯ・Ｄさんだけは J・Ｊのことをジェイと呼ぶ。

リーダーによれば二人は古い付き合いなのだという。

その辺のことは詳しく聞いたことがないからわからないけど……。

とにかくみんなＪ・Ｊの前ではいつもと違って少し緊張しているように見える。

丈さんを除けば……。

丈さんは時々酔っぱらったまま転送されてくる。寝転がってＪ・Ｊの言葉を聞いている時もある。

俺はそんな丈さんを見て見ぬふりをする。

Ｊ・Ｊの予言が終わると、丈さんに聞こえるようにわざと大きな声で「ガッチャ！」と叫ぶ。

その後にちょっとだけ丈さんを見る。

でも丈さんは俺を見ない。

だからきっと俺のこの思いは少しも届いていないいんだろうと思う。

Ｊ・Ｊはいつも、見たことのない形のハサミで紙を切っている。

いわゆる切り絵というやつだ。

それはたいてい鳥の形をしていて、Ｊ・Ｊはその鳥に息を吹きかけて、広い空間に飛ばす。

その鳥を見ていると、まるで自分が空を飛んでいるような不思議な気持ちになる。

そして、この胸からNOTEを抜かれた時、J・Jに言われた言葉を思い出す。

「目覚めよ、今はまだ見えぬその翼に」

まだ見えぬ翼。

俺は、それが自分にとって何を意味するのか、まだわからずにいる。

俺の翼は、刀。

そう思っていつも戦っている。

でもそれ以外に、まだ見えぬ翼が、俺の中に秘められている。

そういう意味なのだろうか……。

気づくと転送されて、精神の崖からレストルームに戻っている。

それから戦闘の準備をすることもあれば、MESSについての資料をまとめる時もある。

でもそこにはあまり緊張感はない。

酔って足元をふらつかせた丈さんがダーツをやっていたり、O・Dさんがうつつとお喋りをしていたり、リーダーが椅子の上で居眠りをしていたり……。

いつも思う。

こんな感じで地球を守ることができるんだろうか。

今はこの星にやってくる異星人は、ほとんどがMESSだ。

MESSに関しては対処方法はわかっているつもりだから、正直、追いつめられるほどの緊張感はない。

それはわかる。

でも、いつ何時、何が起きるかわからない。

ある日突然まったく未知の敵がやってくるかもしれない。

もしそうなった時、俺たちは戦えるのだろうか。

またあの息苦しさが俺に忍び寄る。

エレベーターを上がって公園に出ると、平和だなと思う。

特に昼間。

あたたかい太陽の下で子どもたちが駆け回っている。母親は微笑みながらそれを見守っている。

平和だ。

そしてこの平和を守るのは俺たちだ。

この公園の奥の方にはバーベキュー場があるらしい。

行ったことはないけど、クラスメイトは時々やっているらしい。

今日もうつつがゴミを拾っていた。

公園の正門を出て、あけぼの口の交差点に立つ。

目の前に広がる三叉路《さんさろ》を見ると、決まって同じことを思う。

俺はどこへ向かってるんだろう。

今まで歩いてきた道は、正しい道だったんだろうか。

今からまったく別の道を歩くこともできるんだろうか。
俺はまだ十八だ。
そういう選択も可能だろう。
ガッチャマンじゃない、普通の十八才としての、見たこともない、新しい道……。
こんなことを自分が思うなんて、ちょっと前は考えもしなかった。
信号が青に変わって、俺は急ぎ足で駅に向かった。
サッカーがしたいなと思った。
あの広い芝生の上を思いっきり走って、ボールを蹴《け》りたいなって。
でも実は俺、球技がまったくできないんだけど……。

2015年 6月30日

学校でうつつを見た。
校舎の裏にある木の下で、葉っぱを握っていた。右手と左手で、交互に。
命を奪い、蘇《よみがえ》らせる。
それをずっと繰り返していた。
時々そんなうつつを見ることがある。
話しかけようかと思ったけど、その憂鬱《ゆううつ》な目に拒《こば》まれた。
いや、うつつが拒んだわけじゃない。

俺がためらっただけだ。

グランデュオ七階のワッフル屋さんでもたまに見かけることがある。

O・Dさんと一緒の時もある。

ちなみにこの店は丈さんもお気に入りだ。

そうやってたまにメンバーを立川のどこかで見かける。

でも俺は話しかけない。

その時は別にそれでいいと思う。

でも決まって眠る前に後悔《こうかい》する。

息苦しい気持ちになる。

その嫌な気持ちは、たとえば水面に落とした墨汁のように、見る見る広がっていく。

こんな気持ちになるということは、俺にはもっと言いたいことがあるのかもしれない。

それが言えないから息苦しくなるのかもしれない。

でも、たとえばモノレールの中で若者に席を譲れと言っても、丈さんに思いの丈《たけ》をぶつけても、冷たくはね返されて、それはそれでやり切れない気持ちになる。

だからいつも、話しかけることをためらってしまう。

誰かと距離を縮めることを、ためらってしまう。

元々喋るタイプじゃないけど、最近、ますます喋らなくなっている自分がいる。

もしかすると、本当の俺はこの日記の中にしかいないのかもしれない。

そんなふうに心がぐちゃぐちゃになりそうな時、やっぱり俺は夜の公園で刀を振る。
心に静かな水面を浮かべ、その水を微塵《みじん》も乱すことなく、斬《き》る！
だめだ。
水面が揺《ゆ》れている。
俺が落とした黒い墨が、見る見る広がっていく。
今日は何度刀を振ってもそんな感じだった。
あきらめて、刀を鞘《さや》に収める。
刀というのはそのままじゃ鞘に収まらない。
指の間に入れて、収めるのだ。
左手の人差し指と親指のすき間に。
そのたびに危険が伴《ともな》う。
少しでもかすめれば指がすっぱりと切れてしまう。
いつも緊張が走る。
そこが暗闇《くらやみ》なら尚更だ。
でも、傷つくことを恐れてはならない。
刀とはそういうものだ。
明日は久々に新人がやってくるらしい。
でも恐らくすぐにやめてしまうだろう。

いつだってそうだ。

去年入ってきた彼。もう名前も忘れてしまった。

今頃どこで何をしているんだろう。

Gメンバーから離脱したら、ガッチャマンに関する記憶はすべて消去されるのだという。

彼も今頃どこかで、普通の生活を送っているんだろう。

リーダーから新人の面倒を見るよう頼まれた。

今度は女性だという。

たとえすぐにやめるとしても、誇り高きこの任務について、しっかり叩《たた》き込んでやろうと思う。

2015年　7月1日

驚いた。ただその一言だ。

今日からGメンバーになった新人のことだ。

女性とは聞いていたが、まさか俺と同じ高校生だとは思わなかった。

名前は、一ノ瀬《いちのせ》はじめ。

はっきり書いておこう。

その態度は感心できたものではない。

MESSと戦う俺を、まるでヒーローショーを見に来た子どものように目を輝かせて見ていた。

敵であるMESSを「可愛い」と言って追いかけた。

そして戦い終えた俺に握手を求めてきた。
それだけじゃない。
自分がGメンバーであることを学校でバラしかけた。
ちなみにその新人とは同じ高校。
俺の一学年下にあたる。
話したことはないが見覚えはあった。
一度廊下でぶつかったことがある。
あいつが走っていたからだ。
歌いながら。
グランデュオ六階のカフェから見かけたこともある。
あの時も歌っていた。
歌いながら同じ階の文房具屋に入っていった。
まさかあいつがGメンバーになるなんて……。
そしてあいつは今日も歌っていた。
事もあろうにガッチャマンをバカにするような歌だ。
あいつはガッチャマンの任務をなんだと思っているんだろう。
とにかくありえないことばかりで驚いた。
挙げていけばきりがない。

あいつは女子なのに自分のことを「僕」と呼ぶ。
語尾に「っス」をつける。
「です」ではなく、「っス」だ。
ありえない。
それは一見、敬語のようだが俺は認めない。
俺はあいつの学校の先輩であり、Gメンバーとしても先輩だ。
そもそも俺はあんなふうに喋る奴が嫌いだ。
喋り方など本人の自由なのかもしれないが、俺は好きじゃない。
それが同じGメンバーだというのだから尚更だ。
「楽しい夏になりそうっスねー！」
あいつは怒る俺に無邪気にそう言った。
冗談《じょうだん》じゃない。
この任務に楽しさなんか要らない。
しかし、なんであんな奴が……。
J・Jが選んだのだとしたら、一体どういうつもりなんだろう。
『白い翼を持つ鳥は、決して迷い込んだのではない』
J・Jはそう言っていた。
あいつのことだろう。

でも俺には、この神聖なガッチャマンの世界に間違って迷い込んだようにしか見えない。

いちばん頭にきたのはこの言葉だ。

「先輩の刀は綺麗《きれい》だけど美しくない」

意味がわからない。

バカにするな。これは遊びじゃないんだぞ！

でもなぜかO・Dさんはあいつのことを気に入ったようだ。

他のメンバーは嫌がっていたけど。

うつつは馴れ馴れしく近づくあいつを露骨に嫌がっていたし、丈さんはまったく相手にしてなかった。

リーダーなんか俺以上にあいつのことを「ありえない」と嘆いていた。

だってあいつはリーダーに会うなり「パンダ」と呼んだ。

気持ちはわかる。

俺だって最初はそう思った。

でも実際口に出すなんて愚《おろ》かすぎる。

自称とはいえ相手はリーダーだ。

高校生とはいえもう十七才。

そんなことぐらいわからないのか！

おかげでリーダーは久々に泡を噴いた。

「ド新人」
リーダーはあいつの呼び名を決めた。
お似合いだ。
とにかくあいつは、不謹慎《ふきんしん》きわまりない、最悪の新人だ。
その後、早速あいつを連れて戦闘に行ったけど、そのことはまた後で書く。
今は怒りが収まらない。
そしてなんと、今日からあいつはこの一号室に一緒に住むことになった！
最悪だ……。
だめだ。こんなイライラしていてはいつまでも眠れない。
続きは後で書こう。
おやすみなさい。

2015年　7月2日

戦闘の夢を見た。
まだ怒りが収まらないからだろうか。
もう少し眠りたかったけど、目が覚めてしまった。
起きてすぐこの日記を書いている。
俺はあいつと、新人の一ノ瀬はじめと共にMESSと戦った。

正確に言えば戦ったのは俺だけ。

あいつはずっとふざけていた。

あいつの武器はハサミ。

ふだんからハサミを指に引っかけてくるくると回している。

それはグランデュオ六階にある文房具屋で買ったハサミだという。

やはり俺があそこで見たのはあいつだったのだ。

いや、それは、いい。

あいつはMESSと戦う俺をのんきに眺めていた。

初めての戦闘でどうしたらいいのかわからなかったのかもしれない。

でも、俺なら、いや、この星を守る使命を授かった者なら誰でも、目の前で先輩が体を張って戦っていたら、わけがわからずとも自《みずか》らの武器で応戦するはずだ。

でもあいつは黙って見ていた。

それだけじゃない。自分の武器のハサミを見て、新しいおもちゃをもらった子どもみたいにはしゃいでいた。

俺が怒鳴ると、あいつはようやく自らの使命を思い出したのか、MESSに向かってハサミを投げた。

そこまではよかった。

あいつの投げるハサミ攻撃は案外正確で、MESSは立川駅前のビルの壁面《へきめん》に張りつけになった。
後はハサミでとどめを刺すだけだ。
でもあいつはそれをしなかった。
俺はまた怒鳴った。
ようやくあいつが大きなハサミを手に迫ったその時、驚くべきことが起きた。
MESSがハサミのような形に変形したのだ！
確かに驚いた。
今までMESSがそんなふうに形を変えたことはなかった。
でも驚いている暇はない。
とどめを刺すチャンスだ。
でもあいつは何を思ったのか、ハサミになったMESSの上に立って考え始めた。
しびれを切らした俺は嵐《あらし》を放った。
（嵐とは離れた場所にいる敵に有効な技のことです）
しかしあいつは、事もあろうにMESSの張りつけを解いたのだ。
嵐は無惨にもビルの壁面で誤爆した。
MESSは当然のごとく逃げ去った。
俺は頭にきた。
笑いながらMESSに手を振るあいつに。

ガッチャマンの任務を小馬鹿《こばか》にしたようなあいつの態度に。
帰り道、俺はあいつに怒りをぶつけた。
あいつはハサミをくるくると回しながら、まともに話を聞かない。
モノレールの中で、また若者たちが優先席に陣取っていた。
俺が注意しようとすると、あいつは言った。
「みんな体調が悪いかもしれない」
俺はまた怒った。
一日の間であんなに何度も怒ったことはない。
みんな体調が悪い？
揃《そろ》いも揃って全員？
もし仮にそうだとしても、無理をしてでも目の前のお年寄りに席を譲るべきだ。
見ているだけでは何も解決しない。
まずは正しい方向に向かって動くことだ。
あいつにはそれがわからない。
だからいざ戦闘となった時に、あんなにふざけた態度が取れるのだ。
俺はガッチャマンの任務について、あいつにこんこんと説教した。
俺だって説教をしたいわけじゃない。
でも今あいつにそれを叩き込まないと、後々大変なことになる。

最初だからある程度は仕方ない。
でもMESSは俺たちの敵なのだ。
それを自らの手で逃がすなど言語道断《ごんごどうだん》だ。
マンションに着いたら夜が明けていた。
最悪なことに、あいつと同じ部屋に住むことになった。
まさかあんなふざけた奴と一つ屋根の下で暮らすなんて。
あいつは自分の部屋にわけのわからないものをたくさん持ち込んでいた。
キリンの首とか、アンモナイトの化石？とか……。
早朝だというのに壁《かべ》にドリルで穴を空け始めたり、まったく、非常識のかたまりだ。
携帯を持っていないことをバカにされた。
親の顔が見てみたいと思っていたらあいつの母親から電話がかかってきた。
あいつは母親に自分がガッチャマンであることを話しかけたので慌《あわ》てて止めた。
危険だ。
あいつは、危険すぎる！
リーダーも同じことを思ったようだ。
「あいつから目を離すな」
どうやら俺はあいつのお守役に任命されたようだ。
頭にきたまま眠ったら、戦闘の夢を見て、すぐに目が覚めてしまった。

あいつがふざけていたせいで、MESSから逆襲《ぎゃくしゅう》される夢だ。
あっという間に奴らに取り込まれて、気づくとCAGEでサルベージされていた。
目の前にいたのは、丈さんじゃなくて、あいつだった。
「楽しい夏になりそうっスねー！」
そう言って大きな声で笑っていた。
悪夢だ。
背中まで汗をぐっしょりかいていた。
シャワーを浴びた。
部屋で瞑想《めいそう》した。
それでもまだ心が落ち着かない。
きっともう眠れない。
あっという間に学校へ行く時間だ。
あぁ、最悪だ。
先が思いやられる……。

2015年　7月3日

長い一日だった。
いろんなことがありすぎて、そのたびにいろんなことを考えすぎて、なんだかすごく疲れてしまった。

でも今日あったことは、やはり書き留めなければならない。

眠いけど、頑張って書いてみよう。

まず、任務明けで寝不足のまま学校へ行って、その足でオフ会というものに出かけた。

あの新人が、いや、ド新人が入っているコミュニティというやつの、オフ会。

正直よくわからない。

コミュニティとはクラブ活動のようなものだろう。といっても学校の集団ではなくて、GAL《ギャラ》AX《ックス》というスマホ上？ネット上？に存在する集団だ。

オフ会とは、そうやってネットの中で知り合った人たちが、現実の世界で集まるものだ。

俺はそのコミュニティに入っているわけではない。

その会に行きたかったわけでもない。

すべてはあいつの監視のためだ。

そのオフ会はモノレールを貸し切って行われた。

モノレールが貸し切れるということを初めて知った。

いろんな人が来ていた。

その集団の目的は、コラージュというやつだ。

調べたところコラージュとは、現代絵画の技法の一つで、フランス語で『糊《のり》づけ』という意味らしい。

要はいろんなものを、主に紙や写真だったけど、それを適当に貼《は》りつけて、絵みたいなものを作る作業だ。

実際にやってみたけど正直俺には向いていない。

元々絵を描くのも苦手だ。

鳥を作ってみたけど、周りの人みたいに、なんというか、素敵な感じにならなかった。

俺はこういうのは苦手だとあいつに言ったら、「そんなふうにこうだとかああだとか決めつけなくていいんじゃないか」と言われた。

もちろんそんなまともな言い方じゃない。

「いいんじゃないスかー?」

そんなバカにしたような言い方だ。

俺はあいつのそういう話し方にまだ慣れない。いつか慣れる日が来るんだろうか。

それはそれでちょっと嫌な気もするけど……。

驚いたのはそのオフ会の中であいつがけっこう周りの人に好かれていたことだ。

なんとその参加者の中には、立川市の清水《しみず》市長や消防署長さんもいた。

そしてみんなあいつと親しげに話していた。

というか、あいつはそのオフ会の主催者《しゅさいしゃ》で、常にみんなの輪の中心にいた。

これにはちょっと驚いた。

市長や消防署長さんも、ちょっとどうかと思うぐらいあいつを評価していたし、何よりも驚い

たのは、そのコミュニティはあいつが被災地にコラージュ作品を贈るために作ったものなのだという。

そういえば昨日。いや、今朝《けさ》のことか。

あいつは言っていた。

震災の時、ＧＡＬＡＸは活躍《かつやく》したと。

緊急の連絡網になったり、物資や食料を贈る団体を作ったり、実際現地に行ってボランティア活動をしたり……。

調べてみたらそれは事実だった。

そしてその活動は今も続いているという。

俺はあいつがそれらの活動の中にいて、被災地へも足を運んだということに驚いた。

あいつはとてもじゃないけどそんな奴には見えない。

いつも自分のことばかり考えている、よくいる今時の身勝手な若者にしか見えない。

（ほとんど年が変わらない俺が若者なんて言うのも変だけど……）

俺は鳥のコラージュを作りながらあの時のことを思い出していた。

あの時。

二〇一一年の三月十一日のことだ。

あの日はこの国に住むすべての人間にとって特別な日だった。

俺は任務を終えてマンションに帰ってきたところだった。

今日は学校には行けないなとあきらめて眠ろうとした時、すごい揺れがきた。

リーダーがものすごい速さで駆け寄ってきて、小さな体で俺の上にかぶさった。

「落ち着け、落ち着けよ」と何度も声をかけてくれた。

そして、いつの間にか用意していた水や食料が入ったバッグを俺に持たせ、いざという時に備えた。

やがて大きな揺れは収まった。

いつもはこの星のことをよく言わないリーダーが、心配そうにテレビ画面を見つめていた。

あんなリーダーの表情を見たのは初めてだった。

俺もテレビ画面の壮絶な光景を、言葉もなく見つめていた。

「俺たち、できることないですかね？」

確かリーダーにそう聞いた気がする。

「我々の任務ではない」

リーダーはそう答えたと思う。

でもそれは突き放すような言い方じゃなかった。

わかってる。それ以上言うな。

そんなニュアンスが込められていたような気がする。

あの日以来、被災地の情報を見聞きするたび、本当に俺たちガッチャマンにできることはなかったのかと何度も自分に問いかけた。

丈さんにもそんな話をした気がする。

でも答えはリーダーと同じだった。

それはガッチャマンの任務じゃない。

それはそうだ。

俺たちは政府さえ知らない秘密の集団。

いくら特別な力を持っているとはいえ、まさか変身して瓦礫《がれき》を撤去《てっきょ》するわけにはいかない。

何もできなかった。

そういう思いだけが残った。

そして、そのうち忘れてしまった。

いや、忘れようとした。

四年以上経《た》った今も、まだ復興していない町があり、まだ仮設住宅で暮らす人たちがいることは知っている。

でも、俺は忘れようとした。

被災地に行ったかと聞かれるたび、心苦しい思いになった。

でもあいつは行ったという。

あの時だけじゃなく、ついこの前も。

星がとても綺麗だったという。

「世界もこうなるといいな」

あいつはコラージュ作品を見てそう言った。

こうやっていろんなものが集まって、みんなニコニコってなればいい。

そう言っていた。

意味はわからない。

でもなぜか俺はドキッとした。

あいつはあの時、誰かの力になった。

俺は、なっていない。

それは動かしようのない事実だ。

あいつは被災地の子どもから受け取った、お礼の手紙を見せてくれた。

そこには折り紙をちぎって作ったコラージュが貼りつけられていた。

「ありがとう」

その文字も色とりどりのコラージュになっていた。

あいつのNOTE能力はハサミだ。

NOTEとは俺たちがガッチャマンそれぞれの魂《たましい》の実体化であり、その能力とはそれぞれの心の形だ。

O・Dさんがいつかそう教えてくれた。

つまり、あいつの心は、ハサミ。

その力であいつはコラージュを作り、被災した人々の心を癒した。

俺たちが持つどんな武器よりも、この星の力となった。

決して戦うことなく、誰も傷つけずに。

J・Jがあいつをガッチャマンにしたということは、その力がこの星に必要だということだ。

その証拠にあいつは今日、MESSを……。

その話は後で書こう。

とにかく俺はあいつの違う顔を知って驚いた。

でもそれであいつという人間を受け入れたわけではない。

あいつはやはり無礼な奴だ。

CAGEでまた喧嘩《けんか》した。

あいつは新人のくせに俺に文句をつける。

俺のものの見方がだめだとけちをつける。

俺はただまっすぐ歩いてるだけで、いろんなものが見えていない。

まっすぐで融通《ゆうずう》が利かない。

震災の時の無力感を思い出していたから、そう言われて腹が立った。

なんで戦ってるのかわからない。

あいつはそう言った。

新人のくせに。

この任務について何も知らないくせに。

その無神経な言葉は、俺の力を、心を、何もかもを否定しているようで頭にきた。
俺の能力は、刀だ。
この武器で、俺なりにまっすぐ突き進んできたつもりだ。
誰にも文句を言われる筋合いはない。
でも……。
ちょっと考えさせられたことは確かだ。
「何も見えてない」
「その刀は綺麗だけど美しくない」
そう言われてドキッとしたことは事実だ。
そして、あいつはその後、信じられない行動に出た。
今思い出しただけでもぞっとする。
心臓がドキドキしてくる。
あいつは精神の崖を超えたのだ。
そしてJ・Jの隣に立った。
いともたやすく、まるで子どもみたいに、公園の低い柵《さく》を飛び越えるように。
みんな驚いていた。
さすがの丈さんもあいつを見ていた。
俺は恐ろしくて目を閉じた。

でもＪ・Ｊは何も言わなかった。
その不遜《ふそん》な行為を諭《さと》すことなく、いつものように俺たちに予言を授けた。
『翼をもがれたはずの鳥が迷い込んでいる』
『その鳥は正気を失っている』
そしてＪ・Ｊはいつものように切り絵の鳥をふっと吹いて飛ばせた。
それは色とりどりの鳥たちだった。
白、赤、黄色、ピンク、黒……。
まるで俺たちのようだ。
Ｊ・Ｊは俺たちに何かを伝えたかったんだろうか。
俺はその鳥たちを見て、今日見たたくさんのコラージュ作品を思い出した。
そういえばＪ・Ｊもあいつも、いつもハサミを持っている。
あの二人は何か深い関係があるんだろうか。
だからＪ・Ｊはあいつを諭さなかったんだろうか。
「そんなはずはない」とリーダーは言った。
神聖なるＪ・Ｊ様と、あんなド新人になんの関係があるというんだ、と。
俺は広い空間を自由に羽ばたく鳥たちを見て、不思議な気持ちになった。
羨ましい。
なぜかそう思ったのだ。

あいつが言った「世界もこんなふうになればいい」という言葉も、なぜか思い出した。

J・Jが俺たちに何を伝えようとしたのか、今でもわからないけど、今まで感じたことのない気持ちになったのは確かだ。

とにかく今日は、いろんなことを思った、長い長い一日だった。

そのしめくくりは、これまた驚愕《きょうがく》の出来事だった。

結論から言おう。

あいつは、MESSと仲良くなった。

本当にそうなのかわからないが、そんなふうに見えた。

二日連続であいつと共に戦闘に赴《おもむ》いた時のことだ。

あいつは昨日と同じようにまともに戦わなかった。

それどころかあいつは、俺を大きなテープのようなもの（あいつの武器？）で縛《しば》りつけて、単独行動に出た。

でもあいつはMESSと戦わなかった。

巨大なハサミを取り出して、MESSに向かって走って、挨拶《あいさつ》した。

挨拶だ。敵に！

「会いたかった」

あいつはそう言った。

わけがわからない。

あいつはハサミでＭＥＳＳに接触した。

するとＭＥＳＳはその形を変化させた。

またあいつがハサミで接触する。

するとまたＭＥＳＳはその形を変えた。

あいつとＭＥＳＳは、まるで会話しているみたいに、いや、じゃれ合う子どもたちみたいに、反応し合った。

次の瞬間、ＭＥＳＳが、取り込んだ人間や機械たちを一気に吐き出した。

何が起こったのかわからなかった。

いつもなら一目散で逃げるＭＥＳＳなのに、今日は逃げることなく、あいつとの接触を楽しむように浮かんでいた。

ＭＥＳＳが一瞬ハートの形になった、ように見えた。

俺は目の前の光景が信じられなかった。

でも俺は確かに見た。

それは幻でもなんでもない。

まぎれもない事実だ。

やがてＭＥＳＳは形を変えながら去っていった。

取り込まれた人はみな無事助かり、意識を取り戻した。

帰り道、あいつは楽しそうだった。

「MESSと出会えた」
そう言った。
出会う？
意味がわからない。
マンションに帰った。
あいつは風呂《ふろ》に入っている時も嬉しそうにずっと歌い続けていた。
「どういうことだ？」
リーダーにそう聞かれたけど、俺はうまく説明することができなかった。
目の前で見たことははっきりと覚えている。
でも、なぜかうまく説明できない。
絶対にありえないはずのことが、実際に目の前で起きてしまった。
だめだ。
いろんなことがありすぎて、頭の中が整理できない。
もっと話せばよかったかな。
今になってなぜかオフ会のことを思い出した。
市長や消防署長さんなんて、めったに会えないわけだし。
もっと話せばよかったかもしれない。
ふだんは話すことのない主婦の人や、大学生らしき人たちもいた。

あいつは普通にみんなと話していた。
なぜ俺にはそれができないんだろう。
またあの息苦しさが襲《おそ》ってくる。
あいつはまだ風呂に入っている。
眠い。風呂に入りたい。
のんきな歌声が聞こえてくる。
頭にくるが、待つしかない。
でもこれ以上何も書けない。
とにかく、疲れた……。

2015年　7月5日

今日も昨日も、ひたすら眠った。
幸いMESSは現れず、出動の必要はなかった。
相当疲れている。
というか、これは風邪《かぜ》なのかもしれない。

2015年　7月6日

やっぱり風邪だった。

たいしたことはないけど、ちょっと熱があった。

あいつが、新人の一ノ瀬はじめが、お粥《かゆ》を作ってくれた。

悪い奴ではないのかもしれない。

2015年　7月7日

昨日学校を休んでたっぷり眠ったからか、体調はだいぶよくなった。

今日は七夕《たなばた》だった。

だからといって、毎年何かをするわけではない。

でも今年はあいつに、一ノ瀬はじめに短冊を手渡されて、願い事を書かされた。

そんなことは子どもの時以来だ。

あの頃は喜んですぐに書き上げたのかもしれないけど、いざ大人になって願いを書けと言われても、何を書けばいいのかわからない。

これは少し悲しむべきことかもしれない。

結局何を書いたかというと……。

『世界平和』

やはりこれしかない。

あいつの部屋に短冊を渡しに行った。

申し訳ないが、あの部屋を覗《のぞ》くたびに目まいがする。

部屋中が色とりどりに飾られている。

ものがいっぱいあるのだが、いろいろありすぎて一つも目に入ってこない。

とりあえずキリンの頭の大きなぬいぐるみがある。

名前はジュラッチョというらしい。

どこから持ってきたのか笹《ささ》の木があって、俺は短冊をそこにくくりつけた。

リーダーも渋々やっていた。

リーダーの願い事がなんなのか気になったけど、黙って見るのは気が引けるのでやめておいた。

あの部屋には十秒といられない。

あいつは俺の部屋も「いじりたい」と言ったが、丁重に断った。

確かに俺の部屋には何もない。

でも俺はシンプルが好きなのだ。

極端な話、神棚と刀があればそれでいい。

余計なものは心を乱すだけだ。

そういえば学校の帰り、グランデュオで丈さんに会った。

例のクレープ屋だ。

声をかけられて、クレープを一つおごってもらった。

丈さんはいつものツナギを着ていた。

ちょっと残念だった。

というのも、丈さんは市役所で働いている時はまったく丈さんらしくない服装をしているらしいとO・Dさんから聞いたからだ。

スーツに眼鏡《めがね》、そして髪は後ろで束ねている、らしい。

そう聞いたのだが、とても信じられない。

一度見てみたいと思ってるんだけど、まだ見たことはない。

仕事が終わるとすぐに着替えるのだろうか。

丈さんからGALAXの話を聞いた。

ネット上にあるサービス。

あいつがコラージュのコミュニティをやっている、あれだ。

丈さんはこの前、目の前で人が階段から転落する現場に居合わせたのだという。

すると周りにいた人たちがGALAXで連絡を取り合って（この辺りのシステムが俺にはよくわからないんだけど）、すぐに近くにいた看護師さんが駆けつけて、被害を最小限にとどめた、のだという。

「俺たちより全然役に立つかもな」

丈さんはそう言った。

いや、丈さん、それは違うんじゃないですか。

俺は反論した。

俺たちGメンバーの仕事はそういう事故の処理じゃない。

地球外生命体から人間を守るという、もっと大きな仕事をしているじゃないですかと。

「世界をアップデートさせるのは、ヒーローじゃない。僕らだ」

丈さんは俺の話をまともに聞かずに、そうつぶやいた。

それはＧＡＬＡＸのキャッチコピーなのだという。

駅前にもポスターがあるって丈さんは言ってたけど、見た覚えはない。

でもそのＧＡＬＡＸが流行っていることは知っている。

クラスメイトも、道行く人も、スマホに話しかけている。

前にモノレールの中で「お腹が痛い」と話しかけていた人もいた。

あれはどういうことなんだろう。

お腹が痛かったら、ＧＡＬＡＸは一体何をしてくれるんだろう。

いろいろと不安な時代だ。

みんな何かに頼りたいのかもしれない。

でも俺には、ネットの中のものが世界を変えるなんて、とうてい信じられない。

それに、スマホに話しかけている人たちを見るたび、人間が小さな機械に支配されてしまったように感じて、悲しい気持ちになる。

人間は人間を支配できなかった。

そして最終的に人間を支配したのは小さな機械だった、みたいな。

こんなことを考えるのは俺だけだろうか。

でも本当にそう感じてしまう。

あんなに小さな画面を見つめていたら当然視界は狭まる。

その上、話しかけるなら尚更だ。

でもみんなあまりにもあたり前の習慣になってしまったようだ。

ちょっと前に、スマホをやりながら歩くのは危ないという議論があったけど、最近はあまり聞かれなくなった。

あのスマホというものは、人間にとって絶対に欠かすことのできないものになってしまったんだろうか。

果たしてそれでいいんだろうか。

こういう時、話せる人間が少ないのは問題だなとたまに思う。

それは俺が克服《こくふく》すべき課題なのかもしれない。

それから丈さんとは七夕の話もした。

「お前ガキか」って笑われたけど、俺は別に七夕が好きなわけじゃない。

ただ丈さんの願い事を知りたかっただけだ。

世界平和。

俺が短冊にそう書いたのは、それが丈さんの願いだと知っているからだ。

夢は、世界平和。

丈さんは口癖《くちぐせ》のようにそう言っていた。

だから今日の丈さんの言葉はショックだった。

「願いなんてねえよ、別に」

そんなこと、言ってほしくなかった。

丈さん、あなたはもう、自分の夢さえ忘れてしまったんですか……。

「俺たちってなんだろうな」

丈さんはよっぽどGALAXの救出劇にショックを受けたのだろうか、そんなことを言い出した。

「俺たちは、ガッチャマンです」

大真面目にそう答えたのに、丈さんは笑って去っていった。

また飲みに行ったんだろうな。

別にいいけど、あんまり飲みすぎないでほしい。

俺は酒についてはまったくわからないけど、子どもの頃、父親が言っていたのを覚えている。

「酒でも飲まないとやってられないんだよ」

そう聞いて以来、やっぱりお酒というのは現実を忘れるためのものだと思っている。

忘れないでほしい。

丈さんも俺も、選ばれし翼であることを。

そして俺は丈さん、あなたに憧れてその翼になったのだということを……。

丈さんについて書くと、決まって寂しい気持ちになる。

そして、あの息苦しさを感じる。

眠ろう。

いや、その前に今日こそは風呂に入る。

でも、またあいつが入っている。

あいつの風呂はなんであんなに長いのだろうか。

やるべきことをさっさと済ませればあんなに長くはならないはずだ。

あいつはすぐに寄り道をする。

すぐにみんなと違うことをし始める。

それが個性というやつなんだろうけど、集団生活においては規律を乱すことにもなりかねない。

だめだ。

あいつについて書くと、つい熱くなってしまう。

丈さん、まだお酒を飲んでるのかな。

最近、NOTEを通じて意味不明な言葉が送られてくるけど、今日はない。

この前は変身した丈さんがわけのわからない敵に倒されている絵が送られてきた。

やめてください。

縁起でもない。

本当にどうしちゃったんだろう、丈さんは。

とりあえずあのボサボサの髪だけは、そろそろ切ってくれないかな……。

2015年　7月8日

一つ気に入らないことがある。

こういうことを書くと女々しいと思われるかもしれないけど、我慢ならない。

どうしても気に入らない。

リーダーがご飯を美味しそうに食べることだ。

俺の作った料理じゃない。

あいつの、新人の一ノ瀬はじめが作る料理をだ。

それはまったく美味しそうに見えない。

どんな調味料を使ってるのかわからないけど、とにかく色が派手で、和食でもまったく和食に見えない。

この前、俺が風邪をひいた時に作ってくれたお粥も、なぜか南国の海みたいな色をしていた。

これは悔しいからじゃなくて、本当に見た目は美味しそうに見えない。

でも、味は悪くない。

これは正直に認めよう。

俺はあいつに文句をつけたいわけじゃない。

リーダーが、本当に美味しそうに食べるのだ。実際、何度も「美味しい」「美味しい」と言うのだ。

これまではずっと俺が作ってきた。

朝食も、夕食も、時には昼食も、ほんのたまにはデザートだって……。

でもリーダーはただの一度も「美味しい」とは言ってくれなかった。

こんな愚痴めいたことを言うのは好きじゃない。でもこれは誰にも見せない日記だから許してほしい。

納得できない。

この先どうすればいいんだろう。

また俺が作って、リーダーに気を遣わせるのも申し訳ない気がする。

この先もずっとあいつに作らせるべきなんだろうか。

いいんだけど、別にいいんだけど、なんだか心がすっきりしない。

料理の本を買って、一から勉強するべきだろうか。

誤解してほしくないんだけど、俺は新人が活躍することを快く思っていないわけではない。

料理の話から離れるが、あれもそうだ。

別に気に入らないわけじゃない。

あれを活躍と言っていいのか、いまだに俺にはわからないけど……。

MESSが人間に危害を加えなくなったのだ。

あれ以来。

あいつがMESSに接触して、子どもがじゃれ合うように戯《たわむ》れて以来……。

おまけにＭＥＳＳは、今まで行方不明だった人たちを全員吐き出した。

彼らは無事に救出された。

何もかもがあっさりと解決してしまったのだ。

みんなでそのことについて話し合った。

ＭＥＳＳにはそもそも敵意なんかなかったんじゃないかという意見も出た。

そんなこと信じたくない。

あれだけ人間たちに危害を加えて、何度も何度も戦ってきたのだから。

でも、信じざるをえない事実がある。

ＭＥＳＳは、いなくなったわけじゃなく、いるのだ。

俺たちのすぐそばに。

しかし危害を加えてくるどころか、あいつになつくように、ずっとあいつの頭の上に浮かんでいる。

最初は警戒した。

もちろんだ。敵なのだから。

奴らが動くたび、刀に手をかけた。

でもＭＥＳＳはただぷかぷか浮かぶだけで、何もしてこない。

あいつがちょっかいを出すと、なぜか形を変える。

ＮＯＴＥみたいなもの？

情報を共有し合う生き物？
丈さんたちがいろいろ推測してたけど正直意味がわからなかった。
O・Dさんも面白がってMESSにちょっかいを出していた。
O・Dさんが変なふうに体を動かせば、MESSもそれを真似するように動く。
なんだ。
なんなんだあれは。
これはあいつがMESSとのコンタクトに成功したということなのだろうか。
じゃあ今まで俺たちがやってきたことはなんだったんだろう……。
MESSはあいつになついて学校にまでついてくる。
でもみんなの目には見えないようだ。
あいつがマンションに帰ってきたら、MESSもついてくる。
つまり俺は、長い間戦ってきた敵と、一つ屋根の下で暮らしているというわけだ。
なんなんだまったく。
この事実をどう受け止めていいのか、さっぱりわからない。
この前俺が風邪で寝込んでいた時も、MESSは俺を覗き込むように見ていた。
俺はとっさに刀に手をかけた。
するとMESSは刀みたいな形に変化した。
驚いた。

でもみんなには言わなかった。
正直、この現実を受け入れたくない自分がいる。
でもまだ油断はできない。
今はただおとなしくしているだけで、いつ反撃を試みてくるかわからない。
「大丈夫」とあいつは言う。
どんな根拠があってそう言ってるのかわからない。
きっとなんの根拠もないんだろう。
そう。あいつには根拠というものがない。
ただやりたいことを無邪気にやっているだけのように見える。
だから俺はあいつのことが理解できない。
あいつは俺からすれば、地球外生命体並みに理解不能だ。
だからあいつはＭＥＳＳと通じ合っているのだろうか。
だからあいつが精神の崖を超えてもＪ・Ｊは何も言わなかったのだろうか。
あいつは、異星人？
正直、そう考えた方が納得できる気がする。
スパイかもしれないということも一瞬考えた。
俺たちＧメンバーの動きを監視しに来た、宇宙からの使者。
でも、なんのために？

あいつはわざと俺を怒らせて、俺という人間を試している？
俺が本当に有能な戦士なのかどうか、確かめるために？
……いや、やめよう。
とにかく、MESSは人間に危害を加えなくなった。
「俺たちガッチャマンってなんなんだ」
丈さんがまたそんなことを言い出した。
「まぁ、よかったじゃない」
O・Dさんもすっかり油断しているように見える。
今のGメンバーには緊張感がない。
これは危険な兆候だと思う。
せめて俺だけは、いくら何事もなくても、気持ちだけは緩《ゆる》めずにいようと思う。

2015年　7月9日
今日はとんだ恥をかかされた。
あいつのせいだ。
学校でちょっとした騒ぎがあった。
誰かが例のGALAXで牛乳に関する情報を得た。
乳業会社で停電があり、常温のまま放置された牛乳が市場に出てしまったのだという。

学校で販売されているのもその会社の商品だった。

俺はあいつにそれを知らされて、みんなに牛乳を買わないように働きかけろと言われた。

それが事実なら大変なことだ。

俺はそう思って協力した。

でも俺が命じられた任務は、刀を振り回して先生たちの注意を引くという、実に恥ずかしいことだった。

「先輩、ヒーローですよね？」

あいつはそう言って俺をそそのかした。

それはそうだ。

でも、だからこそ、むやみに刀を振り回したりしない。

でも、俺はやった。

実際は刀じゃなくてモップだったけど。

本当に嫌だったけど、犠牲者《ぎせいしゃ》が出てしまう。

やるしか選択肢《せんたくし》はなかった。

顔から火が出るほど恥ずかしかった。

俺は学校であまり喋るタイプではない。

こういう任務についているから、みんなの前では極力目立たないように努めてきた。

なのにみんなの前で刀を振り回せだなんて……。

でも、おかげで無事に問題は解決した。

あんなに嫌だったのに俺が結局やってしまったのは、みんなが一つになって問題の解決に奔走《ほんそう》する姿を見たからだ。

これは正直驚いた。

俺は、高校生たちが（って高校生の俺が言うのも変だけど）、彼らが何か一つの目的に向かって協力し合うというイメージがなかった。

みんなバラバラだと思っていた。

でも緊急事態になるとこんなにも協力し合う。

ふだんは人のことなんてお構いなしに見えるうつつまで、あいつに言われて動いていた。

俺は純粋《じゅんすい》に驚いたのだ。

なぜみんなはあんなにすぐに動けたんだろう。

人のことなんてどうでもいいように見える彼らが……。

そう思っているのはもしかして俺の偏見《へんけん》で、どんな人間もいざとなればあんなふうに力を合わせて協力し合うのかもしれない。

人間とは案外そういうものなのかもしれない。

今日学校に向かう途中で起きた出来事を思い出す。

俺とあいつの前を猛スピードで車が走り去っていった。

俺は危ないと怒った。

でもあいつはその車の中に病人が乗っているかもしれないと言った。

俺は正直そんなこと考えもしなかった。

前にモノレールの中でも同じようなことがあった。

俺は席を譲らない若者に怒った。

あいつはみんな体調が悪いかもしれないと言った。

あいつはいつもそんなふうに言う。

もしかして考えが浅いのは俺の方なんだろうか。

あいつにいつか言われた言葉を思い出した。

「先輩は何も見えてない」

それから、今日みんなが力を合わせたのは、例のGALAXのおかげもあるのかもしれないとも思った。

そもそも誰かが今回の情報を得たのはGALAXからだったというし、その問題解決のために、学校中のみんながスマホ片手に、GALAXを通じて連絡を取り合っていた、らしい。

(この辺りのシステムはいまだによくわからない)

丈さんがこの前言っていた状況と似ている。

駅前でGALAXをやっている人が怪我人《けがにん》を救った話だ。

「俺たちってなんなんだろう」

俺は丈さんみたいにそこまでは思わなかったけど、初めて、そのGALAXという、よくわからないネットの力を目のあたりにした。
でもあいつは「そんなの電池が切れたらおしまいですよ」って言っていた。
まぁ、確かにそうだけど……。
とにかく、今日はとんだ恥をかかされた。
でも、生まれて初めての体験をして、みんなの意外な面を見たことも確かだ。
最近MESSが危害を加えてこなくなったから、いろいろと考える時間が増えた。
帰りに料理の本を買って、初めてキーマカレーなるものに挑戦した。
でもリーダーは……。
よそう。愚痴になる。
初めて作ったんだから思いどおりにいかなくて当然だ。
でも、何か言ってほしかった。
この前リーダーは、あいつが作ったカレーを美味しそうに食べていた。
だから俺もリーダーに喜んでほしくて……。
よそう。
こんな時は居合いだ。
たっぷり汗をかいて、風呂に入って寝よう。

2015年　7月10日

スマホを買いに行った。

あいつに、新人の一ノ瀬はじめに「化石だ」とバカにされたからじゃない。

昨日の牛乳事件におけるGALAXの活躍に触発されたからでもない。

いや、それはちょっとあるかもしれないけど……。

前にこの日記にスマホ批判のようなものを書いたけど、冷静に考えれば、実際やってみなければ正しく語れないのではないか。

そう思ったのだ。

学校の帰り道、携帯ショップに行った。

恥ずかしながら生まれて初めて行く場所だ。

あいつや他のメンバーに見つからないようにわざわざ南口の店に行った。

そこまで慎重を期したのに、途中でクラスメイトたちに出くわしてしまった。

慌てて身を隠した。

こういう時、ガッチャマンであることが役に立つ。

自慢じゃないが俺の動きは他の人より遥《はる》かに素早い。

彼らはカラオケ店があるビルに入っていった。

俺は携帯ショップもカラオケも、一度も行ったことがない。

そう思ってなぜかへこんだ。

へこむ必要なんてまったくないんだけど、あぁそうなんだなぁと、改めて思った。
店に入って、店員のお姉さんにぜんぶやってもらった。
どんな色や形がいいとか、正直わからない。
料金のことも説明されたけどちんぷんかんぷんだった。
とにかくシンプルなものがいい。
伝えたのはそれだけだ。
結果、黒いスマホを渡された。
料金もシンプルなんとかプランみたいなやつにしてもらった。
しかし携帯ショップという場所は落ち着かない。
店の小さな椅子に腰かけているだけでもぞもぞするような居心地の悪さを感じた。
逃げるように店を出ると、看板が見えた。
前に丈さんが言っていたGALAXの広告だ。
『世界をアップデートするのは、ヒーローじゃない。僕らだ』
本当だ。いつからあったんだろう。
まったく気づかなかった。
やっぱり俺は視野が狭いのだろうか。
よそう。
たまたま目に入らなかっただけだ。

しかし、アップデートとはどういう意味だろう。なんとなくわかっているような気がするけど、正確には知らない。

確かにこういう時、スマホは便利だ。検索《けんさく》の欄《らん》に知りたい言葉を入れて調べればいい。パソコンでもできるけどスマホはもっと小さくて、手軽だ。

平たくいえば「更新」という意味らしい。

パソコン用語らしいが、要は何かを古いものから新しいものにするということだろう。

すると世界をアップデートするというのは、革命のようなことだろうか。

それをやるのがヒーロー。ローじゃなくて僕ら。

ヒーローというのは俺たちガッチャマンのような存在？

でもそんなもの誰も実在しないと思っているだろうから、政治家やリーダーみたいな存在のことだろうか。

じゃあ僕らとは誰のことか。

国民、か。

俺は例の牛乳事件を思い出した。

丈さんが言っていた、駅前の転落事故の話を思い出した。

なるほど。

ＧＡＬＡＸという集団はああいうことを目指しているんだろうな。

確かに役に立つことは確かだ。
俺も目の前でそれが役に立つ瞬間を見た。
否定はしない。
でも、俺たちだって、みんなには見えなくても、頑張っている。
わかってくれとは言わない。
そもそも存在が秘密だから言うこともできないけど……。
しかしスマホは便利だ。
グランデュオのカフェでいろんなことを調べてみた。
ガッチャマンは、実在すると噂《うわさ》される複数のメンバーによるヒーローのことらしい。
いわゆる都市伝説の範疇《はんちゅう》だが、間違ってはいない。
スマホは文章だけでなく写真も見ることができる。
リーダーらしき写真が出てきて驚いた。
いや、「らしき」じゃない。
あれは明らかにリーダーだ。
リーダー、どこで写真なんか撮られたんだろう。
「我々の存在は絶対に秘密だ！」
いつも口酸《す》っぱく俺たちに言ってるのに。
自分の名前も検索してみた。

そんなことをしている自分が恥ずかしかった。

何も出てこなかった。

当然か。

せっかくだからGALAXにも加入してみた。

やり方がわからなくて苦戦したけど、なんとか加入できたようだ。

どうやら自分の分身（アバターというらしい）を作らなければならないらしい。

特に自分に似ているわけではないけど、なんとか作ることができた。

髪の色や服装も選べるようになっていた。

サスペンダーや刀もあって驚いた。

早速その格好にしてみたけど、もしかしたらこれは俺だとバレてしまうんじゃないかとも思った。

でも、まぁいい。

本名で登録してないし。

名前は、疾風《はやて》にした。

俺が使う技の名前だけど、誰も知らないからバレることはないだろう。

でもあいつやO・Dさんが見たらどうだろう。もしかしたら簡単にバレてしまうのかもしれない。

その設定だけで指がすごく疲れた。

まっすぐ帰ろうかと思ったけど、どうしても我慢できずに北口のタピオカ屋さんに行った。

甘いものだから基本的にいつも我慢してるんだけど、今日はどうしても飲みたくなった。

ココナッツミルクティーのラージサイズ。

いつもこれにする。

相変わらず甘い。

でも、やっぱり美味しかった。

それから、アレをやってみようと思ったけど、どうしてもできなかった。

例の、みんながやっている、スマホに話しかけるアレだ。

喫茶店《きっさてん》やクレープ屋さんでもやっている人を見かけたけど、恥ずかしくてできなかった。

マンションに帰ってからもやろうと思ったけど、リーダーやあいつの手前、やっぱり恥ずかしくてできなかった。

そもそも何を話しかければいいかわからない。

「お腹が痛い」と言ってみようと思ったけど、実際痛いわけじゃないし……。

そもそも生まれてこの方、機械に話しかけたことなんて一度もないし……。

あいつに聞けばわかるんだろうけど、そんなことをしたら何もかもバレてしまう。

まぁいい。

そのうちやってみよう。

俺の分身はなぜかニコニコしている。

そこはまったく俺と似ていない。

しかし自分の分身がいるなんて不思議な気持ちだ。

俺が眠っている時、分身は何をしているんだろう。

ずっと笑っているんだろうか。

うつつのことを思い出した。

あいつは毎日、こんな不思議な気持ちで暮らしているんだろうか……。

2015年　7月15日

少し日にちが空いてしまった。

特にたいした出来事はなかった。

MESSは相変わらず現れない。

いや、いつもあいつのそばにいるんだけど。

(ちなみにみんなはそのMESSのことをメッシーと呼んでいるけど、俺は恥ずかしくてみんなの前では呼べない)

メッシーがMESSの一部なのか、MESSそのものなのか、まだ判明してないけど、とにかくMESSによる事件は起こらない。

だから、ガッチャマンとしてはやることがない。

でも、こんな時だからこそ、いざという時に備えて毎日刀は振っている。

この前、公園でいつものように刀を振っていたら、メッシーが来た。
俺をじっと見ていた。
といっても、奴らのどこが目で、本当に見えているのかどうかもわからない。
でも、やっぱり見られているような気がした。
やがてメッシーは俺の動きを真似て、刀を振るように上下に動き始めた。
そして時々、自分の体を刀みたいに細長く変形させたりもした。
なんだ。何がしたいんだ。
そういえばCAGEではダーツを投げる丈さんの動きを真似ていた。
あいつは俺たち人間をからかっているんだろうか。
俺は緊張感を切らさないように刀を振り続けた。
「メッシーは友達だ」とあいつは言う。
でも俺はそうは思っていない。
まだ油断するのは早い。
リーダーもそう言ってた。
宇宙は広い。友好的に見せて、ある日突然襲いかかる生物も存在する、らしい。
リーダーはよくメッシーを睨みつけている。
メッシーがリーダーの形に変形した時は烈火のごとく怒った。
「大丈夫よ」とO・Dさんは言う。

「なんだかそんな気がするの」と。
俺は基本的にO・Dさんの直感は信じている。
思い返せばMESSについても「友達になれそうな気がする」と言っていた。
あいつが、一ノ瀬はじめがメンバーになる遥か前のことだ。
だからO・Dさんはあいつとすぐに打ち解けたのかな……。
でも俺は自分の目で確かめなければ気が済まない。
「でも清音ちゃんは見たんでしょ？　はじめちゃんがメッシーと仲良くなる瞬間」
そう言われた時は何も返せなかった。
それでも俺は油断しない。
俺はメッシーをかく乱するように、いつもはしない動きで刀を振った。
メッシーはそのたびに俺の動きを真似た。
俺もむきになって動き続けた。
さすがに俺も疲れてしまって、逃げるようにマンションに戻った。
メッシーは鬼ごっこでもするように喜んで？俺を追いかけてきた。
俺は部屋を閉め切って、息を整えた。
そして今、この日記を書いている。
襖《ふすま》の向こうから、あいつがメッシーと戯れる声が聞こえてくる。
正直やかましい。

早く眠ってほしい。

しかしメッシーはいつまでこの部屋に居座るつもりなのだろうか……。

2015年 7月18日

メッシーの夢を見て、目が覚めた。

広い草原で追いかけっこをする夢だ。

俺は笑っていた、気がする。

余談だが、俺は夢の中でよく笑っている。

「それはふだん笑ってないからよ」

O・Dさんにいつかそう言われた。

この手の夢は初めてじゃない。

これは楽しい夢というべきだろうか。

MESSに取り込まれる悪夢を見ていた時期からすれば、数段いいといえるかもしれないけど……。

GALAXの話をしよう。

最近、初めてスマホに話しかけてみた。

話し相手は女性の声で、X《エックス》という名前だ。

機械に話しかけるという習慣がないのでしばらく躊躇《ちゅうちょ》していたけど、せっかく加入したのだからと、思い切ってやってみた。

「最近、退屈だ」

一言めにしては冴《さ》えないけど、自然とその言葉が出てきた。

「そういう時もありますよね」

その答え方に驚いた。

まるで本当に人と話しているみたいだった。

Xの声は機械の声だけど、あまりそう感じない。なぜだか嫌な感じがしないのだ。

そしてXはスマホの画面に様々な情報を提供してくれた。

カラオケやボーリング場の案内、映画や本の紹介（なぜか俺が好みそうな作品ばかりだったので驚いた！）、それから、近々関東地方のどこかで行われる大声大会への参加案内もあった。

「気が向いたら試してみてはいかがですか？」

Xはそう言って俺の名前を呼んだ。

本名ではなく『疾風』の方だ。

そうやって俺が登録したから、名前を呼ばれるのは驚くべきことじゃない。

でも実際に呼ばれてみると、なんだかドキッとした。

なるほど、よくできている。

あいつや、O・Dさんや、世の中の人々はこうやってGALAXを使っているのか。

中には本当の友達のように毎日Xに話しかける人がいてもおかしくはない。

Xにはそう思えるほどの親しみやすさがある。

これを考えた人が気になって調べてみた。

どうやら経営者は若い人間らしい。

その詳細ははっきり確かめられなかったけど、女性という噂もあるようだ。

だからXの声は女性なのか。

確かに男では思いつかない発想かもしれない。

俺には絶対に無理だ。

その人はなんのためにこういうサービスを始めたんだろう。

もちろんビジネスなんだろうけど、誰かの役に立つという側面を考えれば、ビジネス目的だけという感じもしない。

O・Dさんによれば、うつつも、そしてリーダーも！　GALAXをやっているらしい。

もしかして丈さんも？

いつかGALAXについて話した時は、自分もやっているとは言っていなかった。

でももしかして……。

丈さんの分身も毎日笑っているんだろうか。

ちょっとうまく想像ができない。

もしかして、やっていなかったのは俺だけだったのか……。

J・Jは……。

いや、まさか、な……。

2015年　7月22日

夏休みになった。

といっても特にいつもと変わらぬ日々だ。

クラスのみんなは海やプールに行こうとか、バーベキューをやろうとか、楽しそうに話していた。

きっと花みどり公園の奥の方にあるバーベキュー場のことだろう。

俺は一度も行ったことないけど。

そういえばあいつも学校の友達とやるらしく、先輩もどうですかと誘われた。

用事があると断ったけど、本当は特に用事はない。

バーベキュー。

行ってもどうすればいいかわからない。

肉を焼いて、話す。

そんなに難しいことじゃないんだろうけど、どうしていいかわからない。

俺は友達とその手のことをやらないままこの仕事に就いた。

後悔してるわけじゃないけど、これからもずっとそうなのかなと思う時もある。

前にモノレールでオフ会なるものに行った時も周りの人とうまく話せなかった。

でもみんなはごく自然に話していた。

俺はつい話題を探してしまう。

今、この場で何を話すのがふさわしいのか、つい考えてしまう。

考えすぎた結果、特に面白みのない話題を選んでしまう。

「爆笑する時とかないんですか？」

この前あいつに聞かれた。

爆笑……。

思えばしばらくそういうのはない気がする。

「友達と何を話せばいい？」

Xに聞いてみた。

「そんなに深く考えることではないと思います」

Xはいつもどおり、落ち着き払った声で答えてくれた。

そしてGALAXの中にある様々なコミュニティというやつを紹介してくれた。

「気が向いたら覗いてみてはいかがでしょうか？」

そう言ってくれた。

ゲーム好きが集まるコミュニティ、バラエティ番組や芸能人のファンが集まるもの、政治について討論する集まりなど、いろんなものがあった。

「刀好き」コミュニティもあって驚いた。

覗いてみたかったけど、まだその勇気はなかった。

GALAXの中にはコミュニティ以外にも様々なものがある。

まずプールがあって驚いた。

みんな泳いでいた。

もちろん分身が、という意味だ。

あいつが言っていたとおり、スポーツジムのようなものもあった。

こうやってみんな、ネットの中で友達を作っている。

今はそういう時代なんだろうか。

バーもあった。お酒を飲む、BARだ。

これは一人でもできるのでやってみた。

店の外観や店内をいろいろ装飾できるんだけど、やっぱり俺はシンプルが好きだから、真っ白な空間にした。

自分のオリジナルカクテルも作ってみた。

それもなるべくシンプルなものにした。

いざカウンターの中に入ってみたけど、客は誰も来ない。

それはそうだ。

GALAXをやっていることは誰にも知らせていないのだから……。

丈さんを誘ってみようと思った。

いつも「飲みに行こうぜ」って言ってくれるから。

実際は未成年だから飲みに行けないけど、ここなら一緒に飲める。

でも、やめておいた。

いざ来られても、どうもてなしていいかわからない。

そもそも丈さんが本当にGALAXをやってるのかどうかわからないし……。

確かにこのGALAXというものは興味深いけど、やはり俺には向いていないようだ。

実際やってみて、現実世界だけじゃなくて、ネットの中にも一つの世界があることはわかった。

これをやることで友達を増やしたい気持ちもわかる。

時には社会のために役立つこともあるだろう。

でも俺は、そこまでして誰かと知り合いたいとは思えない。

これは俺がただ偏屈なだけかもしれないけど……。

やはりまだ、しょせん人工的な世界だという、不自然な感覚が消えないのだ。

そういえばこの前、うつつとO・Dさんを見た。

グランデュオの中の、エスカレーター近くのベンチに座っていた。

話しかけようと思ったけどやめた。

二人はちょっと喧嘩しているように見えた。

いや、喧嘩という感じじゃない。

うつつがスネた子どもみたいにO・Dさんにからんでいた、という感じだ。

俺は気になってこっそり覗いてしまった。

どうやらうつつはO・Dさんと遊びたいような感じだった。

でもO・Dさんはなぜか冷たくて、うつつを一人にしようとしている、ように見えた。

実際、こう言っていた。

「友達が私だけじゃつまんないでしょ？」

うつつは「そんなことない」と言って、O・Dさんの大きな腕にすがった。

でもO・Dさんは「だめよ」と言って、一人で立ち去ってしまった。

あんな素っ気ないO・Dさんを見るのは初めてだったから驚いた。

やはり一緒に暮らすあの二人には、二人だけにしかわからない世界があるんだろうか。

一人で残されたうつつは（ちなみに俺は変な意味で覗いてたわけじゃないです。いや、実際見てたのは事実だけど）、悲しそうな顔をして、鞄の中から赤い折り紙を取り出した。

見覚えがある。

あれは確かあいつが、一ノ瀬はじめが、渡した折り紙だ。たぶん。

うつつはその折り紙を折ろうとして、でもやめて、また折ろうとして、という動きを何度も繰り返していた。

人のことは言えないけど、あいつも友達がいないんだろうな。

やがてうつつはスマホを出して、何か話しかけていた。

何を話していたかは聞こえなかった。

折り紙の折り方をXに尋ねていたのかもしれない。

あるいはもっと深刻な悩みを告白していたのかもしれない。

こういう時、俺はやっぱり話しかけることができない。

だって、話しかけてどうなる。

うつつと遊ぶといっても、何をすればいいかわからない。

カラオケ？　ボーリング？　バーベキュー？

目に浮かぶ。

絶対に盛り上がらない。

俺はまたあの息苦しさを感じた。

結局話しかけられないまま、グランデュオの中をぶらぶらしてマンションに帰った。

そしたらエレベーターでうつつと一緒になった。

互いに目で挨拶して、黙り込んだ。

俺は気まずくてスマホをいじった。

うつつはそれを見てちょっと驚いたような顔をした。

しまった。

スマホを買ったこと、誰にも話していなかった。

さらに気まずいことに、俺は無意識にGALAXの中の、開店したばかりのBARの画面を開いてしまった。

うつつは、見てはいけないものを見てしまったように目をそらした。

やがてフロアに着くと、うつつは小さく会釈して二号室に入っていった。

なんだかすごく気まずかった。

しかし、エレベーターで二人きりになっても何も話さないなんて、俺たちは本当に同じチームの一員なんだろうか。

チームワーク。

それが問われる局面が訪れた時、俺たちチームはちゃんと機能するのだろうか。

もちろん今でも戦闘になればコミュニケーションは取っている。

あくまでもＮＯＴＥを通じてだけど。

でももっと深刻な局面が訪れたらどうだろう。

よそう。

そういうことは俺じゃなくてリーダーが考えるべきことだ。

リーダー……。

とても考えているようには思えないけど……。

Ｐ・Ｓ
今、今日の日記を読み返してみた。
なんだか暗い。

うじうじした男みたいで嫌になる。

明日からは改めたい。

おやすみなさい。

2015年　7月23日

今日は不安な報告と、そういう時にふさわしくないかもしれないけど、少し嬉しい報告がある。

まずその前に、ロープウェイが停止して宙づりになるという事故があった。

テレビでも大々的に報道していた。

結局みんな無事だったのだけど、その救出に一役買ったのがGALAXだったのだという。

乗客や救助隊員がGALAXで連絡を取り合い、そこで正確な情報を交換《こうかん》し合い、冷静かつ迅《じん》速《そく》に救助が行われたそうだ。

なるほど、GALAXは役に立つ。

丈さんが言っていた「俺たちより役に立つ」という考え方にはいまだ違和感があるけど、結果的に多くの人命を救助したのは事実だ。

でも、と夢想してしまう。

俺たちガッチャマンが出動したら、必ず役に立てたはず……。

しかしそれはやはり俺たちの任務ではない。

そもそも事故があるたびに出動していたらきりがない。

この命は救えたけどあの命は救えない。

そういう議論を招いてしまうだろう。

こういう時、やはり震災のことを思い出してしまう。

震災を防ぐことはできないけど、その後の作業には間違いなく役に立てたはずだ。

今もそういうもやもやした気持ちはある。

いつか行かなければならない。

ガッチャマンとしてではなく、橘清音個人として。

それでもいいはずだ。

でも、俺はまだ行っていない。

どうしてだろう。

いつもここで考えが止まってしまう。

それよりも、といってはなんだけど、久々に俺たちGメンバーに不穏《ふおん》な情報がもたらされた。

丈さんが謎の地球外生命体と遭遇《そうぐう》したというのだ。

場所は立川駅前。

丈さんはある通り魔事件の現場に偶然《ぐうぜん》居合わせた。

主犯は高校生だったらしい。

ニュースでもそのように報道されていた。

しかし丈さんによれば、本当の犯人は、その高校生になりすました謎の生命体だったというのだ。

背はバカでかく、ぐしゃぐしゃの長い髪に、菱形《ひしがた》のしっぽ。

丈さんはそう形容していた。

そいつは付近の信号を狂わせて、交通事故も誘発させていたという。

丈さんはすぐに変身してそいつと戦ったらしいが、逃げられてしまったらしい。

「この星は終わった」

「もう誰も助からない」

「みんな真っ赤に燃え上がる」

「みんなお前らのせいだ」

そんな不気味な言葉を残したのだという。

そして驚くべきことに、そいつは俺たちと同じようにＮＯＴＥを持ち、バードゴー（俺たちガッチャマンが変身する時の掛け声です）という言葉と共に変身したというのだ。

リーダーが前に言っていた。

この世界にあまたいるガッチャマンの中には、その超常の力を悪用し、メンバーを外された者もいるのだ、と。

丈さんはかつてＪ・Ｊが言っていた言葉にヒントがあると言った。

『翼をもがれたはずの鳥が迷い込んでいる』

その辺りのことはリーダーやＯ・Ｄさんが詳しいはずなんだけど、なぜか二人は言葉を濁していた。

俺は最近都内を中心に多発している通り魔事件との関連を指摘した。

動機がよくわからない事件が多いので気になっていたのだ。

「人々のストレスが爆発した」とどこかの評論家が言っていたけど、それだけでは説明がつかないような気がしていた。

もしそれらの事件がすべて、その謎の生命体の仕業だとしたら……。

もしそうだとしたら、ＭＥＳＳより遥かに深刻な事態を招きかねない。

さっき「少し嬉しい報告がある」と書いたのは丈さんのことだ。

「次は絶対に仕留める」

丈さんの口からそんな勇ましい言葉を聞いたのは久しぶりだ。

そしてＪ・Ｊは、狂った鳥が再び事件を起こすという予言をした。

Ｊ・Ｊの予言は外れない。

これは俺たちガッチャマンにとって、緊急事態といえるだろう。

俺たちは事故の人命救助はできないかもしれない。でもいつだってこうして地球を守る準備をしているのだ。

しかしリーダーは「関《かか》わるな」と言った。

いつになく深刻な表情だった。

何かを隠しているだろうことは、そこにいた全員が気づいたはずだ。

何を隠しているかはわからない。

でも、こんな事態を放っておくなんて、とてもじゃないけど納得できない。

俺はみんなにそう訴えたのだが、珍しくO・Dさんがリーダーに従うよう俺たちに釘《くぎ》を刺した。

これはさすがに驚いた。

O・Dさんがガッチャマンの任務について口を挟《はさ》むことは今まで一度もなかったからだ。

俺はもちろん納得できない。

でもO・Dさんの迫力に押されて、会議はうやむやに終わってしまった。

あいつも、一ノ瀬はじめも、新人なりに危機感を覚えたようだ。

でもこれは新人が対処できるような問題ではない。

俺は丈さんと共に、通り魔事件で奪われてしまった尊い命に手を合わせた。

丈さんの横顔に深い決意が見えた。

俺は久々にやる気を見せた丈さんに賛同する。そして、必要ならばどんなことでも協力する決意を固めた。

明日からは今以上に気を引きしめて過ごそうと思う。

2015年　7月25日

また事件が起きた。

今度は主婦による通り魔事件だ。

車で周りの人々を無差別に轢《ひ》き殺したのだという。
こうして書いているだけでも心が痛む。
容疑者の主婦は「身に覚えがない」と供述している。
最近起きた事件はどれもそうだ。
やはりおかしい。
人間のなせる業ではない。
そんな気がしてならない。
世間ではGALAXへの期待が高まっているという。
GALAXに通り魔事件が防げるのかどうかはわからない。
でもそんな声が上がるほど、防ぎようのない厄介な事件であるということだろう。
これ以上事件が続いた場合、
リーダーとあいつとの間でそういう話になった。
あいつは新人だから感じた疑問をどんどんぶつけてくる。
的外れなものも多い。
でも正直ドキッとした瞬間もあった。
「ガッチャマンはみんなで一緒に戦ったことがあるのか？」
これは俺の知る限り、ない。
俺自身もそのことに関して不安を感じていたところもある。

いざという時、俺たちは一つのチームとして力を合わせて戦うことができるのか……。

今のところそこには大きな疑問《ぎもんふ》符がついてしまう。

もう一つ、ドキッとしたことがあった。

「なんでガッチャマンはこそこそ活動しているのか？」

これも俺自身、考えなかったわけではない。

あいつは言った。

「ガッチャマンも警察や自衛隊のように堂々と幅広く活動すべきだ」と。

確かに一理ある。

その存在を公表しない理由は数多くあるのだろう。

リーダーもいつも言っているけど、俺たちは普通の人間にはない特別な力を持っている。

それが悪用されてしまえば大変なことになる。

でも、もしかしたらそれ以上に、俺たちが存在を公表して様々な局面で活躍するメリットもあるのかもしれない。

あいつは日常的にGALAXをやっているから余計にそう思うのかもしれない。

あいつは、パイパイ、（と書いてしまった。すいません！　パイパイとはあいつが勝手に呼んでいるリーダーの愛称です。俺は呼んでいません）

あいつは、リーダーにいくらはね返されても引き下がらなかった。

そうもいってていられない緊急事態になったらどうするのか。

それでもガッチャマンは世間に姿を現すことはないのか。

確かに議論する価値のある問題だ。

でもあいつが我々ガッチャマンとGALAXを比較するような発言をしたので、それはさすがに反論した。

その二つを同じ議題に乗せることには、どうしても抵抗がある。

しかし俺の反論も中途半端《ちゅうとはんぱ》に終わった。

スマホを買い、GALAXに加入していることがあいつにバレてしまったのだ。

あれは本当に気まずかった。

「調査だ」と言い訳してみたものの、今思えば苦しい言い訳だった。

そんなことより、J・Jから気になる予言を授かった。

『大きな箱が闇に消えた時、壊れた子どもがついに我々の前に姿を現す。白い鳥が、それを見る』

どういう意味だろう。

J・Jはいつも曖昧《あいまい》にしか語ってくれない。

予言とはいえ、はっきりと見えないのか、あえて俺たちに考えさせているのか。

わからない。

壊れた、子ども？

白い鳥とは、もしかしてあいつ、一ノ瀬はじめのことかもしれない。

あいつのNOTEは白。
そして前にJ・Jは、あいつがGメンバーになった日にこう言った。
『白い翼を持つ鳥は、決して迷い込んだのではない』
あいつは明日、福島へ行くという。
例のGALAXの、コラージュコミュニティの活動の一環らしい。
俺も行動を共にする。
あいつから目を離してはならない。

2015年　7月26日

今日俺はとんでもないものを見た。
そして俺たちGメンバーは大変な局面を迎えてしまった。
気を落ち着けるために、刀を振り、瞑想をして、今この日記を書いている。
J・Jが言っていた『大きな箱』とは、俺たちを乗せたバスのことだった。
コラージュコミュニティの一員を乗せたバスだ。
俺もあいつを監視するために同乗していた。
丈さんも、うつつもいた。
バスがトンネルに入った瞬間、天板が崩落《ほうらく》し、事故に巻き込まれた。
直前で気づいたが間に合わなかった。

そして俺たちメンバーは見た。

奇妙な生物を。

あれは恐らくJ・Jが言っていた『壊れた子ども』ではないかと思う。

それは巨大な胎児《たいじ》のような姿をした生き物だった。

頭が異常に大きく、手足も確認できた。

しかし地球上の生物ではないだろう。

電子的な生物？　地球外生命体？

その詳細は今もわからない。

俺たちは確かにこの目で見た。

しかし居合わせた一般の人々には見えていなかったようだ。

奴らは一体だけではなく、何体もいた。

俺たちはすぐに身構えたが、奴らが地球に敵対する生物かどうかは判断できなかった。

いや、少なくとも敵対者ではない。

なぜなら、奴らは俺たちを攻撃するどころか、崩落する天板をはね返し、トンネルの中に閉じ込められていた人々を救助し始めたからだ。

驚いた。

まったくわけがわからない。

そしてもう一人、これは恐らく地球人だと思うが、派手な服を身にまとった女の子を見た。

彼女はその謎の生物の背に立ち、救助を指揮していた。

彼女自身も、てきぱきとした動きで、次々と人々に人工呼吸を施《ほどこ》していた。

一体何者なんだろう。

混乱の中で姿を消したので、いまだに彼女の正体は確認できていない。

そして、俺は今日一つ、恥じるべきことがある。

事故が起きた瞬間、恐怖と混乱で足が動かなかったのだ。

丈さんも、うつつも。

俺たちが躊躇している間に、その場にいた人たちはGALAXを使って情報を集め、Xの指示に従いながら迅速に動いていた。

やがてトンネルの中で爆発が起きた。

俺は頭の中が真っ白になった。

驚いたのはあいつが、一ノ瀬はじめが、俺たちの誰よりも早く事故現場へ走っていったことだ。

しかもガッチャマンに変身して！

そこから先は、思い出そうと思っても記憶が曖昧だ。

とにかく俺も丈さんも、懸命《けんめい》に救助を手伝った。

驚くことにうつつも、自らの能力を使って人々の意識を回復させていた。

あの能力はリスクが高い。

うつつ自身の寿命を縮めることにもなる。

俺と丈さんは必死に止めたが、うつつの意志は固かった。

「助けたい」

うつつはそう言った。

他人になど興味がないように見えるうつつの口からそんな言葉を聞くとは思わなかった。

そしてうつつのあんなに思いつめた表情も初めて見た。

俺と丈さんは根負けし、あいつに手を握らせ、力を与えた。

とにかく俺たちは必死だった。

今振り返っても、犠牲者を一人も出さなかったのは奇跡だと思う。

駆けつけた自衛隊、救急隊員、マスコミの人たちもみんな驚いていた。

でも俺はたいしたことはできなかった。

この奇跡を起こしたのは、みんなだ。

ＧＡＬＡＸを信じて、使った、みんな。

俺は初めて、ＧＡＬＡＸが人の命を救う瞬間を見た。

清水市長や、警察署長、消防署長、自衛隊のお偉いさんだと言っていたあの女性。

みんなＧＡＬＡＸを操り、迅速な対応をしていた。

俺も彼らと同じようにスマホを持っていた。ＧＡＬＡＸに加入していた。

でも俺にはそれを使って救助をするという、余裕も知恵もなかった。

ただただ、どうしたらいいかわからずに立ち尽くしてしまった。

ぶざまだった。

今の今までずっと悔やんでいる。

まさか自分が事故に巻き込まれるなんて思わなかった。

目の前で苦しむ人を助けることになるなんて思わなかった。

人生何が起きるかわからない。

そう思って準備をしてきたはずなのに……。

J・Jの予言を授かっていたのに、そこから大惨事を予測することができたかもしれないのに……。

もっとGALAXのことを知らなければならない。

人命救助の基礎《きそ》知識についても学ばなければならない。

この星を守る戦士として、それは絶対にやるべきことだったのだ。

しかし、あの壊れた子どもと、謎の女の子。

救助を終えると姿を消してしまった。

信じられないことだが、あの女の子には変身したあいつの姿が見えていた。

もしかして彼女は地球人ではないのかもしれない。

あるいは、俺たちと同じガッチャマン？

しかし、J・Jはなぜ「壊れた」なんて表現をしたんだろう。

あの生物は人を助けていた。

俺たちは確かにそれを見た。

驚くことばかりで、頭の中の整理がつかない。

でもJ・Jが予言を間違うことはない。

これからもじゅうぶんな注意が必要だ。

そして、俺たちGメンバーにとって大変な局面。

それはあいつが、一ノ瀬はじめが、仮面を脱いだことだ。

よりによってあいつは仮面を脱いで謎の女の子に挨拶をした。

なぜそんな無茶なことを……。

仮面を脱げばアムネジアエフェクト（一般の人々から俺たちの姿を見えないようにする能力のこと）は解けてしまう。

それはきちんと教えたはずなのに。

あいつは仮面を脱いだ。

そして全国に、いや、全世界に、その素顔をさらしてしまった。

どうやらトンネルの監視カメラがあいつの姿をとらえていたらしく、ネット上でもテレビのニュースでも、すぐに大騒ぎになった。

まったくとんでもないことをしてくれたものだ。

都市伝説の範疇でしか語られていなかったガッチャマンの正体が、一瞬にしてバレてしまった。

こんなこと、想像したこともなかった。

あいつの素性はすぐにネット上にさらされた。本名、実家の住所、通っている学校まで。

夏休みでよかった。

いや、よくはない。

いいはずがない。

これは恐らく、ガッチャマンの歴史上、最悪の出来事といえるだろう。

俺たちは逃げるように東京へ戻り、マンションにこもった。

O・Dさんはあいつが一瞬にして有名人になってしまったことを知り、なぜかはしゃいでいた。

あいつも当事者のくせにケロッとして笑っていた。

リーダーはあまりのことに泡を噴いて倒れてしまった。

「J・J様に知られたら大変なことになる」

うわ言のようにそう言っていた。

うつつはエネルギーを使いすぎたからか、部屋で休んでいるらしい。

丈さんとは途中ではぐれた。

もう長いことマンションに戻ってきていない。

まったく、こんな時に単独行動するなんて……。

でも今はそれどころじゃない。

俺はあいつにこんこんと説教をした。

何事にもルールというものがある。

俺たちガッチャマンにとって、もっとも破ってはならないルールとは、言うまでもなく、世間にその正体を明かさないことだ。

そのことは今まで口酸っぱく言い聞かせてきたはずなのに……。

この先、俺たちはどうなるんだろう。

そんな不安を抱えたまま、俺たちは解散してそれぞれの部屋に戻った。

風呂場からあいつののんきな歌声が聞こえる。

あいつは反省などしていない。

それどころか自分のしたことが正しかったと思っているようだ。

確かにあいつはこの前、俺たちにある疑問を投げかけていた。

なぜガッチャマンはこそこそ活動しているのか。

そう言われた時、ドキッとなった自分がいた。

今こうして、なんとか気を落ち着けながら日記を書いていて、なんとも不思議な気持ちに襲われている。

俺はあいつを叱った。

メンバーとして、先輩として、当然だ。

でも本当のことをいえば、怒るという感情の前に、もやもやしたものを感じたのだ。

「気づいたら体が動いている時ってないですか？」

あいつは俺にそう言った。

トンネルで爆発が起きた、その直後のことだ。
爆発の余波で、あいつの顔は傷ついていた。
血が流れていた。
でもあいつは笑っていた、ように見えた。
微笑んだまま、燃え盛るトンネルをじっと見据《みす》えていた。
気づいたら体が動く時。それが今だ、と。
それがヒーローだ、と。
そしてあいつは変身して駆け出していった。
俺はといえば、怖くて足が動かなかった。
ただ走り去るあいつの背中を見送るだけだった。
俺はガッチャヤマンだ。
この星を守る翼だ。
そのことに誇りを抱いて今まで生きてきた。
でもそんな俺なんかより全然、あいつは勇敢《ゆうかん》だった。
あいつだけじゃない。
市長も、消防署長も、そんな肩書きを持たない、普通の人たちも。
みんな自らの危険を顧《かえり》みず、目の前で苦しむ人を助けるために走っていた。
だから俺は、あいつを叱りながら、もやもやした気持ちを消せずにいた。

俺は、何もできなかった。

そんな無力感といら立ちが、俺の中に居座って動かない。

あのうつつでさえ、恐怖を乗り越えて、自らの力を犠牲に、目の前の人を助けていた。

俺はそんな大きな波に乗っかって、ほんの少しだけ手助けしただけだ。

『世界をアップデートするのは、ヒーローじゃない、僕らだ』

GALAXの言葉を思い出した。

さっきから何度も眠ろうとしてペンを置いたけど、眠れない。

またペンを握る。

何かを書こうとする。

でも何を書いても、このもやもやは消えてくれそうにない。

2015年 7月27日

今日もいろんなことがあった。

毎日驚くことばかりだ。

もうすぐ夜が明ける。

まだ少し体が痛い。

正直、日記を書くのもつらいけど、今日という日も、俺たちGメンバーにとって大切な日だと思うので、なんとか頑張って書こうと思う。

最初に驚いたのは朝だった。

「おはよう」

俺は自分からそう言った。あいつに。

同じ部屋に住んでいるのだからあたり前だと思うかもしれないけど、初めてのことだった。

昨夜あいつを叱った気まずさもあった。

いや、昨日のトンネル事故の件で、少しだけあいつを見直したからかもしれない。

とにかく自分で自分に驚いた。

次に驚いたのは、昨日も書いたけど、あいつの正体がバレて、世間が大騒ぎしていることだ。

ネットやテレビのニュースはその話題で持ち切りだ。

あいつは一夜にしてまるで有名芸能人みたいになってしまった。

幸いこのマンションはバレていないらしく、報道陣の姿はなかったが、学校やあいつの実家などはすっかりバレてしまい、対応に追われていたようだ。

騒ぎたい気持ちはわかる。

俺がもしガッチャマンじゃなくて普通の高校生だったら、やっぱりガッチャマンについて騒ぐニュースを見ただろう。

人間というのはそういうものだ。

でも、ニュースを見るだけで、それだけでよくないだろうか。

ネットの掲示板《けいじばん》とやらを見ると愕然とする。

会ったこともないあいつについてひどいことが書かれている。

どういう内容かはひどすぎてここに記す気にはなれない。

ああいうふうに無記名で人の悪口を言うのは卑怯《ひきょう》なことだと思う。

そのことに本当に驚いた。

そしてすごく悲しい気持ちになった。

でも当のあいつはまるで平気そうなのだ。

リーダーが烈火のごとく怒っても、ささいな悪戯をした子どもみたいに、悪びれることなく平然としている。

強がっているのか、考えないようにしているのか、わからない。

幸いＪ・Ｊからの裁きは特になかったようだが、ほとぼりがさめるまで、ガッチャマンの活動は休止することになった。

でも俺にはあいつを監視し、保護する役目がある。

これ以上騒ぎが大きくなったら大変だ。

なのにあいつときたら、こんな一大事の時にグランデュオにある文房具屋に行きたいという。

俺はうつつと二人であいつについていった。

この前、花みどり公園で花火大会があったらしい。

俺は花火大会なるものに一度も行ったことがない。

花みどり公園の花火大会は毎年ものすごい人出らしい。

あいつは「行きたい」と言ったが、「冗談じゃない」と断った。

わざわざこんな時に大勢の人の前に出るバカがいるか。

まったくあいつの考えることはわからない。

文房具屋へも何か特別な用事があるのかと思ったら、ただ新しいハサミを買いに行くだけだという。

俺は呆《あき》れながらも、周囲に目を配り、グランデュオに向かった。

今日ぐらいは変装してほしかったのだが、あいつは嫌だと断った。

おかげで、文房具屋でマスコミの人たちに見つかって大変な目に遭《あ》った。

まぁ、そのことは後々書くとして……。

俺にとって次の驚きは、うつつが少し変わったなと思ったことだ。

俺たち三人はグランデュオに向かう途中で話をした。

そのこと自体、初めてのことだった。

今日のうつつはいつもと違っていた。

何がどう違うかはうまく説明できない。

相変わらずうつむき加減で、笑うわけでもなく、いつものように「うつうつします」と言っていた。

でも、何かが違った。

いつの間にかあいつ、一ノ瀬はじめと仲良くなっていた。

いつもは人と距離を置くうつつが、あいつに体を寄せるように歩いていた。

それだけでも俺にとってはじゅうぶんな驚きだ。

うつつは髪につけた青いリボンに何度も手を触れていた。

それはあいつにプレゼントされたものだという。

別に今日がうつつの誕生日というわけではない。

あいつによれば、うつつが昨日、その身を削《けず》って人を助けたからだという。

なんでもそのリボンはあいつのスカートを切って作ったものらしい。

女子というものは変わったことをする。

男同士なら、たとえ友達がいくら頑張ったとしても、何かものをあげようとは考えないだろう。

あいつは言った。

プレゼントというのは何をあげようかと考えている時がいちばん楽しいのだ、と。

その人の笑顔を思い出すからだ、と。

そんなこと俺は考えたこともなかった。

そういえば今まで、たとえば誕生日やクリスマス、なんでもいいけど、俺は誰かにプレゼントをあげたことなど一度もない。

逆にもらうのも、お返しのことを考えてしまって気が重くなってしまう。

バレンタインデーなどは特にそうだ。

ありがたいことにこれまで何度かチョコレートをもらったことはあるけど、今までホワイトデーなる日にお返しをあげたことは一度もない。

でもあいつは「お返しがほしいなんて思わない」と言った。

うつつもそれを聞いて小さく頷《うなず》いた。

「みんなそういう気持ちでいればいいのに」

そうも言った。

なんだか人を助けることに似ている気がした。

うつつは昨日たくさんの人を助けた。

それはうつつからみんなへのプレゼントで、うつつはその代わりにいつか自分のことも助けてほしいなんて思わなかっただろう。

うつつだけじゃない。

昨日あの場にいたたくさんの人たちも。

ガッチャマンの任務も同じかもしれない。

俺たちはこの星を守っている。

だからといって、そのお返しに、いつか誰かに守ってもらおうなんて思わない。

みんなそういう気持ちになれば……。

誰もが見返りを求めず、自分以外の誰かに施したいという気持ちが芽生えれば……。

そうなれば、たとえば今朝ネットで見た、あいつへのひどい書き込みなどなくなるのかもしれない。

そう思ったのだ。

ありえない理想論かもしれない。

でもそういう気持ちが昨日、多くの命を助けたことは事実だ。

GALAXが掲《かか》げる『世界をアップデートする』という考えは、もしかしてそういう意味も含んでいるのかもしれない。

俺は最初、ガッチャマンとGALAXが比較されることに激しい違和感を覚えた。

でも今は少し違う気がする。

そんなことを考えていた日にあの人に会うことになるとは思ってもみなかった。

あの人とは、昨日事故現場にいた、派手な服を着た女の子だ。

名前は、たぶんあだ名なのだろうけど、ロードというらしい。

彼女はなんとGALAXの創始者だったのだ。

俺とさほど年も違わないだろう人間、しかも女の子が、GALAXというサービスを開発し、世の中の役に立っていることに衝撃《しょうげき》を受けた。

彼女は少し変わっている。

自分のことを「僕」と呼んでいた。

あいつみたいに。

俺は、なぜか会った瞬間に意気投合《いきとうごう》したかに見えたあの二人を、不思議な気持ちで眺めていた。

ほとんど同じ世代なのに、俺とはまるで違う言語や感覚で話しているように感じた。

ちなみにその彼女に会うまでが大変だった。

さっきも言ったとおり、あいつは文房具屋でマスコミの人たちに囲まれて、俺たちは逃げたのだ。

といっても俺だけはぐれてしまったんだけど……。

はぐれて途方に暮れていると、GALAXを通じてある招待状を受け取った。

そのとおりにある場所へ向かうと、そこに彼女がいた。

俺に招待状を送ったのは彼女だった。

後で聞いたところ、あいつやうつつも、彼女から招待状を受け取っていたらしい。

そして彼女が各所に配置したGALAXユーザー（GALAXTER《ギャラクター》と呼ぶらしい。ということは俺もその一員ということになる）たちの誘いによって、マスコミの人たちから逃れて、無事に彼女の前までたどり着いたのだという。

そもそも文房具屋で俺たちに襲いかかった暴漢たちも（実際そういうことがあったんです。バットを持っていたのでちょっと緊張しました）実はあいつを逃がすためにやってきたGALAXTERだったのだという。

なぜそこまでして見ず知らずのあいつを助けようとしたのか不思議だった。

後であいつに聞いたところによると、それは彼女からあいつへのプレゼントなのだという。

見返りや報酬《ほうしゅう》を求めない、施し。

それは各所に配置され、あいつやうつつを誘った多くのGALAXTERたちも同じだ。

それがGALAXのやり方らしい。

まるで現実を舞台にゲームが行われているみたいだ。

実際、GALAXの中にはたくさんのゲームがある。

俺はまだやったことないけど……。

彼女が、そのロードという人が、今日、「内発的」という言葉を使ったので、さっき調べてみた。

外からの働きかけによらず、内部から自然に起こるさま。

そう書かれていた。

そこにGALAXを知る鍵《かぎ》があるようだ。

つまり、誰かに言われたからというより、自分の意志で何かをすること。

だから今日、GALAXTERたちは、彼女に指示されたとはいえ、楽しんでいた。

なんの見返りも求めずに、自分の役割をまっとうした。

昨日の事故だってそうだ。

事が事だけに楽しんでというわけにはいかなかっただろうが、誰に言われるでもなく、自分の意志でGALAXに連絡し、自分たちにできることを最大限していた。

またしても俺は「やられた」と思った。

今日は俺があいつを守るはずだった。

でも実際に守ったのはGALAXであり、あの不思議な女の子だった。

ロード君（なぜかあいつが君づけで呼んでいたので俺もそれにならおうと思う）が俺たちを呼び出したのにはわけがあった。

彼女はあいつに『ガッチャマンをやめてくれ』と言った。

理由がある。

これからの社会に、俺たちガッチャマンが必要ないからだという。

二日連続でGALAXに先を越されたと思っていた俺は、その考えに過敏に反応してしまった。

確かに昨日も今日も俺はたいして役に立てなかった。

でも、だからといって、俺たちが社会に必要ないなんて、とうてい納得できることではない。

しかし彼女は冷静に、自らの理論を語った。

人は超常の力を持つ存在に頼ろうとする。

それではいつまでも人々の意識は目覚めない。今の世界は、ガッチャマンだけが支えるには複雑になりすぎた。

確かにそうかもしれない。

俺たちガッチャマンがなんでもかんでも問題を解決することは不可能だ。

だから彼女は、自らが開発したGALAXを通じて、人と人をつなげ、社会の役に立とうとしているのだろう。

その方が遥かに多くの人間が力になれる。

それはわかる。でも……。

彼女はこうも言った。

今の時代、たった一人のヒーローなんか要らない。

これからは全人類がヒーローになることが必要なのだ、と。

俺は返す言葉がなかった。

そんなことはないとは思っている。

俺たちにもできることがあるともちろん思っている。

でも今の俺たちガッチャマンはあまりに頼りないことも事実だ。

確かに俺たちは、普通の人間にはない特別な力を持っている。

でも、昨日みたいな緊急事態において、怖くて動けなかった自分がいた。

Gメンバー全体を考えても、GALAXTERのようなチームワークはない。

ガッチャマンは地球外生命体から人間を守る組織だ。

それは間違いない。

でももしかしたら他のこともできるんじゃないか。

震災のことを考えても、もっといろんな形で社会の役に立てるんじゃないか。

最近そう考えていたことも事実だ。

だからあいつは昨日変身したのか。

そうなんだろうか。

あいつがそこまで考えて行動したのかどうかは疑問だけど、もしかしたら無意識に俺と同じようなことを考えていて、とっさにあんな行動を取ったのかもしれない。

だから俺は、あいつを心の底から怒る気になれなかった。

もしかしたら、そうなのかもしれない。

俺は自信に満ちあふれた彼女を前にして、またあの息苦しさを感じた。

俺たちはなんなんだ。

一体何ができるんだろう。

本当の正義とはなんなんだろうか……。

しかしあいつはまるで動じなかった。

ガッチャマンをやめる気はないと言い放ち、彼女に、昨日見た頭の大きな生物のことを尋ねた。

その時、初めて彼女がうろたえたように見えた。

「すっぴんの方が綺麗ですよ」

あいつはそんな謎の言葉を残して、彼女の元を去った。

そしてその帰り道、また三人で話した。

うつつもガッチャマンをやめる気はないという。

俺はうつつがこの任務に誇りを持っているように見えて驚いた。

やはりうつつは、今までのうつつではないようだ。

じゃあ俺たちはこの先何をすればいいんだ。

俺は二人に問いかけた。

もちろん、丈さんが遭遇した謎の異星人に対処しなければならない。

でもそれ以外にできることはないのだろうか。

「あると思う」とあいつは言った。

でもそれがなんなのかはまだわからない、と。

「へこむことない」とあいつに励《はげ》まされた。

俺はへこんでいるなんて一言も言ってない。

でもあいつは俺の心の奥を見透かすようにそう言った。

俺にしかできないことがいつかきっと見つかる。

そう新人に慰《なぐさ》められた。

うつつまで、俺が心配だと言った。

たまにO・Dさんと俺のことを話すのだという。

俺は真面目すぎるから、闇雲にまっすぐ突き進んでしまうから、ある時、突然心が折れてしまうんじゃないかと……。

これも今日驚いたことの一つだ。

うつつとO・Dさんが俺について話しているなんて夢にも思わなかった。

まさか俺のことを心配しているなんて……。

そういえばいつかあいつにも同じようなことを言われた。

俺はただまっすぐ突き進んでいるだけ。

だからいろんなものが見えない。

俺だけが思っていた俺という人間など、とうの昔にみんなに見透かされていたのかもしれない。

俺はなんだか悔しくなって、二人と別れて、来た道を引き返した。

行き先は、あのロードという女の子のところだ。

だめだ。まだ体が痛む。

あれは本当につらい出来事だった。

まだ自分の中で整理がつかない。

少し眠ろうと思う。

2015年　7月28日

眠ったら少し楽になった。

でも長くは眠れなかった。

昨夜の、あの恐ろしい出来事を夢に見て、すぐに目が覚めてしまった。

まだ夜は明けていない。

リーダーとあいつはまだ眠っているようだ。

昨日の続き。

俺はあいつとうつつと別れて、ロードという女の子を追跡した。

彼女が何者なのか、どうしてもこの目で確かめたかったからだ。

そして俺は激しい戦闘に巻き込まれた。

情けないことに、俺は変身する前にやられてしまった、ようだ。

というのも、記憶がところどころ曖昧で、思い出せることとそうでないことがあるからだ。

彼女は立川駅から中央線に乗った。

タブレット、というらしい、薄いパソコンのようなものと会話をしていた。

恐らく相手はXだろう。

何を話しているかはわからなかったけど、どこか思いつめたような表情だった。

少し前に俺たちと話していた時とはまるで違う顔つきだ。

その後、地下鉄に乗り換えて、彼女がたどり着いたのは豊洲《とよす》駅だった。

初めて降りる駅だ。

もう暗くなっていたせいで俺は途中で彼女を見失ってしまった。

再び彼女の姿を見つけることができたのは、遠くから凄《すさ》まじい音が聞こえてきたからだ。

駅の近くの広場で、彼女は何者かからの攻撃を受けていた。

トンネルの事故現場で見た、あの頭の大きな生物も数体いて、同じく攻撃を受けていた。

その相手は強く、瞬《また》く間に頭の大きな生物たちは蹴散らされた。

そして俺はあいつを見た。

背はバカでかく、ぐしゃぐしゃの長い髪に、菱形のしっぽ。

丈さんが目撃した地球外生命体の特徴とそっくりだった。

奴は丈さんの証言どおり、ＮＯＴＥを手に、変身した。

しかしその変身した姿ははっきりとは見えなかった。

空間から飛び出すように現れる巨大な菱形？の尾で彼女を激しくいたぶっていた。

頭の大きな生物たちは次々と倒され、やがて彼女と、彼女に寄り添う生物が一匹残った。

形勢は圧倒的に不利に見えた。

気づくと酔っぱらったサラリーマンふうの男が、奇妙な喋り方で彼女を挑発していた。

しかし喋っているのはそのサラリーマンではなかった。

「通りすがりの人間になりすます」

それも丈さんの証言どおりだった。

間違いない。

俺は確信し、ＮＯＴＥでリーダーに連絡を取った。

状況はわからないけど、このままでは彼女がやられてしまう。

変身して戦うしかない。

でもリーダーは変身の許可を出してくれなかった。

俺は我慢できず、ＮＯＴＥを掲げた。

その時、丈さんが現れた。

「俺にまかせろ」

そう言った丈さんは、俺がずっと憧れてきた、強くてたくましい、丈さんそのものだった。

俺は丈さんにまかせて、彼女を安全な場所に避難させた。

にのみやるい。

それが彼女の本名だと知った。

俺は彼女から、彼女を攻撃していた、ベルク・カッツェという名の地球外生命体の話を聞いた。

ベルク・カッツェは彼女からNOTEを抜いたのだという。

やはり彼女は普通の人間ではなかった。

俺たちと同じ、超常の力を持つ者だったのだ。

J・J以外に誰かからNOTEを抜き取ることができる存在がいることを初めて知った。

そのベルク・カッツェという地球外生命体は、J・Jに匹敵するくらいの超常の力を持つ存在なのかもしれない。

NOTEとは、その人間の魂の実体化。

引き抜かれた彼女の魂、それがあの頭の大きな生物だったのだという。

クラウズ。

それがあの生物の名前だ。

「これがあれば君の望みはぜんぶ叶《かな》えられる」

ベルク・カッツェは彼女にそう告げた。

そして彼女はそのクラウズを使って、この世界をアップデートしようとした。

彼女は選ばれたGALAXTERたちにクラウズを与えた。

あのロープウェイの事故、そして俺も居合わせたトンネル事故、すべてクラウズが活躍して、多くの命を救ったのだという。

しかし彼女はずっと葛藤《かっとう》していた。

クラウズは自分の力ではなく、人間になりすまして通り魔事件を起こし続ける邪悪な存在、ベルク・カッツェの力だからだ。

『壊れた子ども』

J・Jがクラウズをそう表現したのは、きっとそういう意味だったのだろう。

この世界を救うために、悪の力を利用した。

彼女のその選択が正しかったかどうか、一概《いちがい》には判断できない。

しかし彼女は、この世界をよりよい世界に変革しようとした。

そのこと自体は正しいことだ。

俺は彼女の存在を疑ったことを反省した。

彼女はこの世界を憂《うれ》う、正しい心を持つ一人の人間だった。

「ヒーローなんて必要ない」

彼女は俺たちにそう言った。

でもその同じ日に、俺たちに命を救われることになるとは思ってもいなかっただろう。

いや、正確には、俺たちはヒーローになれなかった。

再び戦闘の場に戻った時、丈さんが無惨な姿でやられていたのだ。

俺はその姿を見て愕然となった。
そこから先、記憶は飛んでいる。
恐らくそのベルク・カッツェにやられたのだと思う。
「頑張って……」
うつつの声がかすかに聞こえたことは覚えている。
俺はどうやら、うつつとあいつに助けられたらしい。
意識を取り戻した時、俺はマンションにいた。
丈さんは無事らしい。
うつつはまだ部屋で休んでいる。
うつつは俺と丈さんに、自らの命を分け与えてくれたのだ。
俺はあいつに、一ノ瀬はじめに礼を言った。
あいつに礼を言うなんて初めてのことだ。
新人に助けられるなんて情けない。
おまけにご飯まで作ってもらった。
いつものように見た目は最悪だったけど、美味《うま》かった。
リーダーはまだ戻ってきていないらしい。
リーダーは変身して、あいつとうつつを連れて、戦闘の場に向かった。
でも途中でベルク・カッツェに恐れをなして、引き返してしまったのだという。

俺は失望した。
いざとなれば俺たちの盾になる。
それがチームのリーダーのはずだ。
しかしそれほどベルク・カッツェという存在が恐ろしいものだとも考えられる。
俺はあいつに、彼女、にのみやるいから聞いた話をした。
ベルク・カッツェはあえて、にのみやるいという人間を選んだ。
あいつはそう推測していた。
この星に変革をもたらそうとする彼女をわざわざ選んで、力を与えたのではないかと。
なんのために？
あいつによれば、「その方が楽しい」からだという。
高い理想を持つ人間を、深く絶望させる。
ベルク・カッツェはそれを楽しいと感じる存在なのではないのか、と。
なぜあいつはそこまで推測できたか。
それはあいつが、俺が意識を失っている間にベルク・カッツェと話をしたからだ。
あいつによれば、奴は明らかに今の状況を楽しんでいる。
そして、この先もっと楽しいことを企《たくら》んでいるはずだ、と。
あいつはベルク・カッツェからなぞなぞを出されたらしい。
なるほど、こんな時になぞなぞを出すなんて、ふざけた奴だ。

「どんな人間も大好きな、めちゃくちゃ甘くて美味しいものは？」
答えはわからない。
あいつはその答えを知るために、眠るまでずっと甘いものを食べていた。
あいつが起きたようだ。
起きるなり、また甘いものを食べている。
まったく、何がなぞなぞだ。
奴は、ベルク・カッツェは、きっと俺たちをからかっているだけだ。

今、あいつと昨夜のことを話した。
チョコレートを一つもらった。
甘さが体に染み渡る。
生きている。そう感じる。
昨夜、俺は死んでいてもおかしくなかった。
間一髪のところを仲間に助けられた。
そんなことは初めてだった。
さっき見た朝陽《あさひ》が綺麗だった。
あいつも妙に感動していた。
生きていてよかった。

これでまた戦える。

ベルク・カッツェよ、この借りは必ず返す。


夜だ。十一時を過ぎた。

今日はリビングでこの日記を書いている。

それにはわけがある。

累《るい》君が（本名は爾《に》乃《の》美家《みや》累と書くらしい。やたらと画数が多い）、今日から俺の部屋で暮らすことになったからだ。

正直戸惑っている。

昨日初めて会ったばかりなのに、まさか同じマンション、しかも同じ部屋で暮らすことになるとは……。

さて、何から書けばいいのだろう。

今日も本当にいろんなことがあった。

長い長い一日だった。

まず、累『君』と書いたのにはわけがある。

本当に信じられないことだが、今でも信じ切れていない自分がいるのだが、彼女は男だった。

いや、その言い方はおかしい。

俺が女の子だと思っていた累君は、男だったのだ。

そんなひどい勘違《かんちが》いがあるのかと思うかもしれない。

でも、きっと間違えるのは俺だけじゃないと思う。

誰が見ても、あれは女の子だ。

髪型も、服装も、男らしいところは一つもなかった。

だってスカートを穿《は》いていたのだ。

確かに男言葉は使っていたけど、それはあいつ、一ノ瀬はじめも同じだ。

最近は女子でもそういう話し方をする人もいるんだろう。

そう考えていた。

でも、男だった。

今、俺の部屋で、俺の部屋着を着て眠っている。

明かりをつけると起こしてしまうのでリビングで書いている。

しかし、ついこの間までリーダーと二人暮らしだったのに、まさかこんな状況になるとは……。

今年はまさに激動の年だ。

今思えば、今年から日記をつけようという直感が働いたのは、この激動の日々を書き留めるためだったのかもしれない。

しかし、同年代の人間と同じ部屋に住むというのは、俺のような不器用な人間にとってはなかなか困難だ。

どうしても要らぬ気を遣ってしまう。

女子だったらもっと大変だっただろう。

いや、それならあいつの部屋に住むか。

そうか。

累君もずっと一人暮らしをしてきたそうなので、共同生活に戸惑っているように見えた。

俺も何を話せばいいのかわからなかった。

とりあえず刀の話をした。

累君が「持ってもいい？」と聞いてきたからだ。

俺は持ち方を教えて、刀の魅力《みりょく》について語った。

累君は聞いているのかどうなのか、ただ刀を見て「可愛いね」と言った。

刀が、可愛い？

そんな感想を聞いたのは初めてだ。

でも累君は、その奇抜な風貌《ふうぼう》とは相反して、まともな考えを持つ、いい人間だ。

何よりこの国を変革しようとしている。

とにかく頭がよくて、いろんなことを考えている。

なんでも英語と中国語が話せるらしい。

でも高校には行っていない。

すでに高校の卒業資格を取得したからだという。

学校に通わず、たった一人で（累君いわくXと二人で）、ＧＡＬＡＸを運営してきた。

まったくたいしたものだ。

さっきまで二人で、この星の未来についていろいろ話をした。

なぜＧＡＬＡＸを作ろうと思ったのか。

累君によれば、この複雑化した社会を取りまとめるには、従来の政府だけでは頼りないと思ったからだという。

だから人々の意見を統合するＸを作って、彼？彼女？に判断を委《ゆだ》ねている。

累君いわく、未来の世界を統治するのは、首相や政府ではなく、人々の無意識なのだという。

その膨大《ぼうだい》な無意識こそがみんなが心の底から求めるもの。

すなわち、この星の本当の総意であると。

だから我々はそれに従うべきなのだと。

その無意識を集める役割を果たすのが、Ｘ。

だから、Ｘの指示に従うということは、我々が心の底から求めることをする、ということと同義なのだ、と。

「Ｘだけが友達」

累君はそう言っていた。

なんだか寂しいような気もする。

でも累君ほど頭がいいと、そういう考えになるのかなとも思った。

そしてそのＸは、ベルク・カッツェに奪われてしまった。

累君は、たった一人の友達を失ってしまったのだ。

累君は俺たちにかくまってもらってよかったと言ってくれた。

累君をこのマンションに招いたのはあいつだ。

あいつはああ見えてけっこういろんなものが見えている。

だから累君の孤独《こどく》にも、俺より先に気づいていたのかもしれない。

累君が理想とする社会は、面白い社会。

正しい正しくないより、面白い面白くないの方に興味がある。

そう言っていた。

それは、お金に代表される報酬ではなく、報酬ではない「喜び」で人々が動く社会なのだという。

俺はあいつの、一ノ瀬はじめの、プレゼントの話を思い出した。

プレゼントをあげる時、人は見返りなんか求めない。ただ相手が喜ぶ顔を考えて、幸せな気持ちになる。

それも累君の言う、面白い世界の一つなのかもしれない。

累君とあいつはどこか似ている。

累君はあいつほど無礼なことは言わないけど、毎日を楽しくしようとしているところは近いものがある。

さっきも二人で楽しげに料理を作っていた。

そして二人共、今、ネット上で激しいバッシングを受けている。

累君は、多くのクラウズたちを犠牲にしてしまった。

俺もその悲劇の瞬間を見た。

それはクラウズを操る人たちにダメージを与え、彼らはいまだ昏睡《こんすい》状態に陥《おちい》ったままだ。

そして今日彼は、その犠牲者の子どもに会ったのだという。

責任を感じずにはいられないだろう。

だから累君は、一瞬笑ったとしても、すぐに憂鬱な顔になる。そして激しく爪《つめ》を噛《か》む。

でも、彼が目指した理想は間違いではなかった。

俺はそう信じている。

俺自身も、ＧＡＬＡＸの活躍を目のあたりにしてきた。

あんなふうにみんなが自分の喜びのために動けば、それで誰かに希望を与え、時に命さえ救うことができるなら、それは素晴らしいことだと思う。

累君が「ヒーローなんて要らない」と俺たちに言った意味が、少しわかった気がした。

でも今、そうも言っていられない状況になってしまった。

『壊れた子どもたちが大いなる祭りを起こす。地下深き場所に眠っていた醜《みにく》き心が、人々の前に姿を現す』

さっきＪ・Ｊはそう予言した。

何かひどいことが起こる予感がする。

でも『壊れた子ども』はクラウズのこと。
彼らはこの国をアップデートするために活躍してきたはずだ。
そんな彼らが、一体何を引き起こすというのだろう。
恐らく裏にはあのベルク・カッツェがいるはずだ。
「ぜんぶお前らのせい」
彼はそう言っていたという。
「電源が切れない」
あいつはJ・Jの予言を聞いてそう言った。
あいつは時々、直感でものを言う。
それがあたることもしばしばある。
どれだけネットでバッシングされても、スマホやパソコンの電源を切ればいい。
でも、今から起こることはたぶん違う。
あいつはそう言っていた。
「世界が、真っ赤に炎上する」
あいつはJ・Jの予言の先を読むようにそうつぶやいた。
そしてあいつはベルク・カッツェからのなぞなぞを解いた。
そんなのからかっているだけだと思っていたが、違った。
みんなが大好きな、甘くて美味しいもの。

それは、人の不幸だ。
キーワードは揃っている。
それが一つになった時、一体何が起こるんだろう。
……考えても仕方ない。
俺たちは何が起ころうが、万全の準備をして、戦いに備えるだけだ。

そして、今日は幼稚園《ようちえん》のことを書かなければならない。
なんでいきなり幼稚園なんだと思うかもしれない。
俺たちGメンバーは今日、近所の幼稚園に行ったのだ。
遊びじゃない。任務で。
俺たちは園児たちの前で、そしてテレビカメラの前で変身をしたのだ。
あいつの発案だ。
まったくあいつの頭の中はどうなっているんだろう。
正体がバレてしまった以上、ガッチャマンは積極的に世間に出るべきだ。
そういう考えらしい。
リーダーは激しく反対した。
俺も正直そんなことをする必要があるのか大いに疑問だった。
でも俺は結局あいつの意見に賛成した。

丈さんのせいだ。

丈さんはあいつのアイデアを聞いてこう言った。

「こんな弱いヒーローが世間に出てどうなる」

俺はその言葉を聞いて、初めて丈さんに反抗してしまった。

悲しかったのだ。

一度は復活しかけた丈さんだったが、ベルク・カッツェに倒され、元の投げやりな丈さんに戻ってしまった。

「あきらめて何もしないよりはましだ」

頭にきて、悲しくて、丈さんに聞こえるようにそう言ってしまった。

そして丈さんだけ幼稚園に来なかった。

俺の言葉を聞いてどう思っただろう。

何かを感じてほしい。

感じてくれると信じている……。

それにしても、テレビカメラの前で変身するのは妙な気分だった。

もちろん緊張もした。

だってテレビに出るなんて（しかも生放送！）生まれて初めてだ。

親から電話があった。

俺がガッチャマンだということすら知らなかったので、それはそれは驚いていた。

でも母親はなぜか浮かれていた。

早速近所に自慢したらしい。

「ありがとうね」と言われたけど、あれはどういう意味だったんだろう。

俺は別に芸能人になったわけじゃない。

親とはそういうものなのだろうか。

まぁ確かにうちの母親はテレビが大好きなんだけど……。

話がそれた。

結果的に、俺は幼稚園に行ってよかったと思っている。

園児たちは純粋に喜んでくれた。

俺も嬉しかった。

ガッチャマンであることをあんなに誇りに思えたことは今日が初めてだった。

そして、あんなふうに子どもたちと遊ぶことなんてないから実に新鮮だった。

子どもたちは正直だ。

臆《おく》せずになんでも聞いてくる。

ライオンとガッチャマンはどっちが強いのかとか、リーダーはパンダなのか、O・Dさんはオカマなのかとか……。

「オカマではない」と強く否定した。

でもO・Dさんは消防署長の桑原《くわばら》さんに色目を遣っていたから、あまり説得力はなかったけど……。

俺もあんなふうに、何にも縛られない自由な存在だったんだろうか。

とても信じられないけど、きっとそうだったんだろうと思う。

みんなあんなふうに、自由な存在だった。

ちょっと乱暴だけど、小さなことを気にせずに思いっきり感情を表現する、無邪気な存在だった。

あの園児たちみたいに、どんな人間も最初は同じ場所にいて、日が暮れるまで遊んでいたのだ。

そしていつしか、それぞれの場所へ旅立っていった。

累君が目指す、楽しい社会。

子どもたちは無意識にそれを実現している。

でも大人たちは目の前の現実に足を取られ、楽しく生きることを忘れてしまっている。

俺は園児たちと遊ぶことで、最近ずっと心の奥に居座っていた、あの息苦しさを忘れることができた。

あの幼稚園はずっと俺たちの近くにあった。

行こうと思えばいつでも行けた。

でも今日みたいな機会がなければ、彼らと出会うことはなかっただろう。

悔しいけど、あいつのおかげだ。

どこまで考えてやったことなのか、あいつのことだから、さっぱりわからないけど……。

先生から幼稚園のポリシーを聞いた。

自分で何かを始めること。

自分でやりたいことを選び、自分の意志で判断し、自らアクションを起こすこと。

なんだかあいつみたいだ。

そう思った。

しかし子どもたちに囲まれていると、いくらカッコつけても、何もかもバレてしまう。

英語を話せる子に笑われた。

そう、俺は英語が大の苦手なのだ。

久々に『どろけい』をやった。

あの遊びがまだ廃《すた》れていないことに心底驚いた。

「変身してたらずるい！」と言われて、結局俺はガッチャマンじゃなくて橘清音のまま、日が暮れるまで遊び続けた。

あれだけ嫌がっていたリーダーも、いつの間にか子どもたちと駆け回っていた。

「どうしたらガッチャマンになれるの？」

俺はある園児にそう聞かれて、思わず言葉につまった。

「誰かを守りたい。まずはそう思うこと」

考えた末にそう答えた。

正しい答えだったのかはわからない。

でも俺の場合はそうだった。
丈さんに命を救われたあの時、
「お前もいつか誰かを守れ」
その言葉が胸に突き刺さった。
俺は子どもたちと遊びながら、何度も丈さんのことを思った。
一緒に遊びたかった。
どろけいをしたかった。
「お前が泥棒な」
丈さんならきっとそう言うだろう。
丈さんは今、誰かを守りたい気持ちを持っているだろうか。
あの頃、俺と丈さんは、同じ気持ちを抱いて、戦っていた。
そのことが俺の誇りだった。
でも、俺も丈さんも、ベルク・カッツェに無惨に倒されてしまった。
あいつに助けられた。
うつつに命を分け与えてもらった。
もしかしたら丈さんは、そんな自分を情けないと思ったのかもしれない。
その気持ちはわかる。
少し前の俺だったら、同じように思ったかもしれない。

でも俺は今、自分を情けないとは思っていない。

仲間が助けてくれてよかった。

心からそう思っている。

だから今日俺はうつつに「ありがとう」と伝えた。

そんなことは初めてだった。

丈さんはきっとそういう気持ちじゃないんだろう。

だから幼稚園に来なかったんだろう。

俺は丈さんと違う道を歩き始めてしまった。

そのことが本当に悲しい。

これはメンバーの誰にも言えないけど、確かこの日記にも書いたことはないと思うけど、俺は
最近、コラージュを作っている。

題材は、俺たちGメンバーだ。

リーダー、うつつ、O・Dさん、そしてあいつ。

まだまだ下手《へた》くそだけど、なんとか見よう見真似で頑張っている。

俺たちGメンバーが並んで、胸を張って、こう叫ぶ。

ガッチャ!

そんなイメージを形にしようとしている。

そこに丈さんはいない。

今、俺は丈さんのコラージュを作る気にはなれない。
でもスペースは空けてある。
いつでも丈さんが戻ってこられるように……。
幼稚園を出たら雨が降り出した。
あいつの計らいで、累君がマンションに来ることになった。
俺は傘を持っていなかった累君と相合い傘で帰った。
しつこいようだが、累君はまったく男に見えない。
あの相合い傘の時も、男だと知ったばかりだったから、なぜかドキドキしてしまった。
今回の生中継で、世間の俺たちへの関心はますますヒートアップした。
幼稚園にいる時から、リーダーの携帯は鳴りっぱなしだった。
ガッチャマンへの仕事の依頼だ。
番号はあいつがネットで公開したらしい。
しかしテレビの影響《えいきょう》はすごい。
バラエティ番組に、地方の営業、老人ホームにロックフェス。
ありとあらゆる依頼が舞い込んだ。
これから俺たちガッチャマンはどうなっていくんだろう。
あいつが来てから本当にいろんなことがあった。
「僕が死んだらどう思いますか？」

今日、あいつにそう聞かれた。
今、ネット上であいつに対するひどい言葉があふれているからだ。
「悲しいに決まってる」
そう答えた自分に驚いた。
そしてちょっと恥ずかしかった。
でも、嘘はつけない。
悲しいに決まってる。
最初はとんでもない奴だと思っていたけど、今は正直、仲間になれた気がする。
いつの間にかあいつとうつつは下の名前で呼び合っている。
そして累君もやってきた。
今ならどんな恐ろしい敵とも戦える。
何も怖くはない。

さっき、累君が起きた。トイレのようだ。
日記を書いていることがバレてしまった。
誰にも話さないように頼んでおいた。
なんで日記を書いているのか聞かれたけど、うまく答えられなかった。
「GALAX上でも書ける」と言われたけど、そういうんじゃないんだと答えた。

この日記は、誰にも見せるつもりはない。

自分の考えを整理するというか、自分と向き合うための作業というか……。

と弁明しているうちに、もしかしたら本当にそういうものなのかもしれないと思えてきた。

累君には「変わってるね」と言われてしまったけど……。

日記を書くようになって、俺は自分がどういう人間か、少しわかってきた気がする。

いいところも、悪いところも、両方。

おかげで冷静になって、いろんなことに気づけるようになったというか、興味を持てるようになったというか……。

まぁ、実際そんなに大きな変化はないんだけど。


しまった。

眠ってしまった。

こんなところによだれが……。

もう二時だ。

そろそろ寝よう。

もしかしたらこの先、ゆっくり眠れる時間はあまりないかもしれない。

いびきをかいたらどうしよう。

今まで誰にも指摘されたことがないから、大丈夫だと思うんだけど……。

まぁいい。とにかく寝ます。
おやすみなさい。

2015年　7月29日

今日俺は、自分でも信じられない、とんでもないことをしてしまった。
今でも思い出すと全身に震えを感じる。
でも、そうする必要があった。
俺たちはこの星を守る翼だ。
だからこの星が危機に陥った時、何があっても立ち上がらなければならない。
あの行為は、俺のそういう気持ちの表れだったのだと思う。
しかし人間というのは不思議だ。
追いつめられた時、信じられないような行動を取る。
もう一つ、人間は不思議だと思ったことがある。
ついさっきまで、俺たちは笑っていた。
とても笑えるような状況ではないのに。
今日もいろんなことがありすぎて、何から書いていいのかわからない。
とりあえず、さっきあったことを書いてみる。
俺たちは笑っていた。

俺が夕飯を作って、O・Dさんとうつつがデザートを作ってくれた。

みんなで一緒にご飯を食べるなんて初めてのことだった。

O・Dさん、うつつ、リーダー、あいつ、そして、累君。

みんな笑った。

うつつが、俺の料理が不味いとつぶやいた。

その言い方がなんだかおかしくて、みんな笑った。

俺も、つい笑ってしまった。

でも、もう一度言うけど、今はとても笑っていられる状況ではないのだ。

今日、そうなってしまった。

最後の晩餐《ばんさん》。

といったら大げさだろうか。

でも本当にそうなってしまうかもしれない。

とても悲しいことなので書くのもつらいけど、今朝、国会議事堂が襲撃された。

首相官邸《かんてい》も、警視庁も、やられた。

敵はどこかの星からの侵略者ではない。

敵は、この星の中にいた。

クラウズだ。

NOTEが俺たちGメンバーの魂の実体化なら、クラウズはこの星の人々の魂が実体化したものだ。

元々は累君の魂が実体化したものだったのだが、ベルク・カッツェによって他の人々に与えられてしまったのだ。

クラウズ。

時にそれは力を合わせて人を助ける。

でも我々人間の魂はいつも同じ方向を目指すとは限らない。

今日、それは残虐《ざんぎゃく》な破壊者となってこの星を恐怖と混乱に陥《おとしい》れた。

彼らは実際に霞ヶ関《かすみがせき》に来たわけではない。

クラウズは、この星のどこからでも操ることができる。

ただスマホを手に念じるだけで、簡単に距離を超え、名もなき暴徒になれてしまう。

累君が、自らの理想の社会を実現しようと、人々を信じて、手渡した、クラウズ。

それが暴れ始めた。

その裏にいるのは、ベルク・カッツェ。

邪悪な地球外生命体。

でも実際に手を下したのは、この星の人々だ。

彼らの中に、いや、俺たち全員の中に眠る、醜い心だ。

俺はそのことが悲しい。

ネット上にはびこる罵詈雑言《ばりぞうごん》。

人の痛みを知らぬ言葉たち。
それが実体化して、会ったこともない人々を傷つけた。
それが今日起こってしまったことだ。
ベルク・カッツェはそれを知っていた。
俺たちの中に眠る醜い心が、一瞬でこの星を滅ぼすほどの力を秘めていたことを。
ベルク・カッツェにそそのかされた男が、ネット上で犯行を予告した。
そしてそのとおりのことが起きた。
彼は仮面をかぶっていた。
顔はわからなかったけど、目は見えた。
その目は、自らが引き起こした興奮と解放に酔いしれているように見えた。
その時、俺は彼が自分に見えた。
息苦しさ。
俺はそれをずっと感じていた。
電車の中で席を譲らない若者。
目の前で誰かが苦しんでいても、見て見ぬふりをする心。
ネット上にあふれる、あいつや累君へのひどい中傷。
戦うことをあきらめてしまった丈さん。
そういうものを見るたびに、俺は言葉にできない息苦しさを感じていた。

夜中に公園で刀を振る。

大きな声で気合いを入れる。

そうしていないと、自分がバラバラに砕け散って、どうにかなりそうだった。

彼も同じだったのかもしれない。

毎日息苦しさを感じて、今日まで生きてきたのかもしれない。

だから、俺は彼が自分に見えた。

一歩間違えば、俺が刀を振り回していたかもしれない。

思いどおりにならないこの世界を切り裂き、その力に酔いしれていたかもしれない。

でも俺はそうはならなかった。

理由はわかる。

俺が見ていた世界は、息苦しさを感じていたこの世界は、俺が思うほど絶望的ではなかったからだ。

ふざけた新人に見えたあいつは、足が竦《すく》む俺を残して、燃え盛るトンネルへ駆け出した。

他人など興味がないように見えたうつつは、自らの命を削り、見知らぬ人の命を救った。

怪しい人物に見えた累君は、誰よりも大きな理想を抱く、孤独な戦士だった。

俺にはその何もかもが見えていなかった。

犯行声明を出した彼もきっとそうだ。

何も見えていない。

彼にとってこの世界は、ただ息苦しいだけの、牢獄《ろうごく》のような場所だったに違いない。
「俺たちはしょせん籠《かご》の鳥だ」
丈さんはそう言った。
この星を監視するＪ・Ｊに従い、狭い空で翼をばたつかせるだけの、籠の鳥。
でも、違うんだ。
世界はそんなに単純じゃない。
立ち止まって、目を凝《こ》らせば、必ず違う景色が見えてくる。
彼はそれを知ることなく、最悪の選択をしてしまった。
「新しい世界は、破壊の先にしかない」
違う。それは絶対に違うんだ。
悲しい。悔しい。やり切れない。
でもそれはもう始まってしまった。
俺たちはそれを見た。
この星の人々全員がそれを見た。
俺たちは未来を決めなければならない。
瓦礫の中から立ち上がり、新しい道を造らなければならない。
その時は、来たのだ。

次は、何を書こう。

虹《にじ》を見た。

昨日から降り続けた雨が突然やんだその後に。

俺はその瞬間のことを、この先も忘れることはないだろう。

今朝、累君のうめき声で目が覚めた。

悪夢を見たのか、その額は汗でぐっしょり濡《ぬ》れていた。

俺は彼の手を握って言った。

「大丈夫。怖くないよ」

それからすぐ、クラウズによる破壊行為のニュースが流れた。

彼が与えた希望は、絶望という形でこの星をめちゃめちゃに壊し始めた。

俺は累君が、自ら命を絶とうとしているように感じた。

累君はそんなことは一言も言っていないし、そんな素振りも見せてはいない。

ご飯も残さず食べたし、時には笑顔を見せたりもした。

でも、一度芽生えた嫌な予感が消えることはなかった。

だから一人になろうとする累君を追いかけた。

みんなも思っていることは同じだった。

「Xはきっと戻ってくる」

あいつはそう言った。

いつものようにケロッと笑いながら。

「だってXと累君は友達だから」

俺は累君の目を見て頷いた。

あいつみたいに気の利いた言葉は浮かばない。

でも、累君を一人にしたくない。

その気持ちはみんなと同じだった。

累君の顔から、何かがずっと剥《は》がれ落ちたように見えた。

それは彼をずっと苦しめていた息苦しさかもしれない。

あるいは彼の心に染みついた孤独だったのかもしれない。

その時、雨がやんで、虹が出た。

累君が、俺たちの本当の仲間になった気がした。

あいつの発案で、俺たちガッチャマンは再び人々の前に姿をさらした。

ガッチャンネル。

ふざけた名前だけど、俺たちは真剣だった。

ネットによる動画配信。

詳しいことはわからない。

でもおかげで、この星の隅々《すみずみ》まで、俺たちの声を届けることができた。

そこで累君は、自らの罪を詫《わ》び、ベルク・カッツェという地球外生命体の恐ろしさについて語った。

視聴者の声が、画面上に漫画の吹き出しのように次々と浮かんでいた。

中には目をそらしたくなるようなひどい言葉もあった。

でも累君は負けずに語り続けた。

リーダーの言葉は頼りなかった。

無理もない。

俺たちの大胆《だいたん》な行動は、リーダーが恐れるJ・Jの意に反するものかもしれない。

O・Dさんが罵詈雑言を浴びるリーダーをかばった。

「これはみんなの問題だ」とカメラの向こうの視聴者たちに訴えかけた。

そう、これはもはや、俺たちだけの問題じゃない。

この星に住む誰もが自らの醜い心と向き合わなければ、乗り越えることはできない。

丈さんは来なかった。

何度NOTEで呼びかけても、返事はなかった。

ベルク・カッツェに倒されてから、丈さんは俺たちから距離を置いている。

確かに無惨なやられ方だった。

死んでいてもおかしくはなかった。

でも、だからといって、本当に戦うことをあきらめてしまうつもりなんだろうか。

この星を守るという大切な使命を、投げ出してしまうつもりなんだろうか……。

俺たちはもう覚悟《かくご》を決めた。

今まで一度も変身するところを見たことがないO・Dさんも。

O・Dさんが翼を広げるということ、それは、この星のすべてが消えてなくなることを意味する。

その話は本当だったようだ。

O・Dさんの力は、周りにあるものすべてを消し去る力。

だから立ち上がったら最後、何もかも消えてなくなってしまう。

この星を守る最後の翼。

それがO・Dさんなのだ。

そのO・Dさんが、ついに覚悟を決めた。

俺たちはついに、鳥籠から飛び立つ決意を固めたのだ。

だから俺はあの場所へ行った。

みんなを連れて、J・Jの元へ。

俺は初めて、あの精神の崖を超えたのだ。

今でもその時のことを思い出すと体が震える。

実際、踏み出した足は震えていた。

でも、どうしても、俺はJ・Jに言いたいことがあった。

それを告げることで、たとえJ・Jと戦うことになっても構わない。

そうしてまでも、俺たちにはやるべきことがある。
「この星は、俺たちの星です」
伝えたかったのは、それだけだ。
みんなに背中を押されているような気がして、俺は思い切って足を踏み出した。
間近で見るJ・Jは、なんともいえない迫力があった。
でも、ここまで来たらもう引き返せない。
J・Jは何も言わなかった。
俺は振り返って、みんなの元へ戻った。
O・Dさんが抱きしめてくれた。
こんなに大きかったっけ。
俺はO・Dさんの胸に抱かれながら、なんともいえない優しさと、解放感を覚えた。
そうして俺たちは、息苦しい鳥籠から飛び立った。
それから、夕陽を見た。
立川の駅前で。
綺麗だった。
累君も目を細めて見ていた。
Xも夕陽が大好きで、よく一緒に眺めていろんな話をしていたらしい。
人間じゃないXが夕陽を眺める。

なんだか不思議な気がしたけど、累君とXは本当の友達なんだと、改めて思った。
俺たちは誰でもXと話をすることができる。
でも累君にとってXはそういう軽い意味の存在ではない。
今だって累君はXと話すことができる。
でもXは今、累君になりすましたベルク・カッツェを累君と認識している、はずだ。
だから今、累君にはXがいない。
話をすることはできても、今まで累君が築いてきた友情の歴史の上に、Xはいない。
それがどれほど悲しいことか、きっと累君にしかわからないはずだ。
俺はもう少し累君と話したかった。
そして俺たちは、クラウズが引き起こした、大いなる祭りについて話した。
永田町が破壊された。
その後も各地でクラウズによる事件が相次いだ。
でも彼らの動きはバラバラで、それぞれが好き勝手にやっているように見えた。
『もっとすごい祭り来ないかな』
累君はネット上のその書き込みに注目した。
「結局みんななんでもいいのかもしれない」
俺にそうつぶやいた。
「だったら他に何かあるはずだ。今とは違う、もっと、すごい祭りが……」

累君は何かを考えているようだった。

その表情は思いつめているように見えたけど、でもその「何か」は憂鬱なことじゃない。

きっと未来を切り開く、「何か」だ。

それから俺たちは、お互いに好きなもの嫌いなものを話し合った。

タピオカが好きだということを初めて人に話した。

「意外だね」

そう言って累君は笑った。

それから俺たちは立川駅北口にあるタピオカ屋さんに行って、タピオカを飲んだ。

俺はいつものココナッツミルクティーで、累君はブルーベリーティーだった。

思えばこの店に誰かと一緒に来たのは初めてだ。

「あいつには言わないでね」

俺は累君に釘を刺した。

あいつに知られたら、何を言われるかわかったもんじゃない。

その時、驚くべきことが起きた。

俺が累君に話そうと、GALAXの、俺が作ったBARの画面を開いたその時だ。

あいつが、あいつの分身が、来店していたのだ！

『先輩、タピオカありますか？』

その分身は楽しそうに笑っていた。

なぜ気づかれた……。

そして、なぜ、タピオカ?

呆然とする俺を見て累君は笑った。

大きな声で、本当に楽しそうに。

「ぜんぶ知ってるんだよね、はじめちゃんって」

確かに。

あいつはいつの間にか、いろんなことに気づいている。

いつの間にか、あのうつつの固い心の中にもすっと入り込んで、友達になったりしている。

リーダーもいつしかあいつのことを叱らなくなった。

「人生なんてたいてい想定外」

今日だってそんなドキッとするようなことを言って、リーダーの背中を押していた。

「なんか、むかつくよな」

そう言った俺がまたおかしかったのか、累君はまた笑った。

そして俺たちはまた好きなもの嫌いなものについて話した。

累君は野菜が嫌いだという。

食べられるのはトマトだけ。

理由は真っ赤で可愛いから。

「なんか、累君らしいね」と俺は笑った。

俺は小文字の『w』が嫌い。

ネット上でよく見かける、笑いを意味する記号だ。

笑いを意味しているのに、俺にはどうしてもそれが本当の喜びに見えない。

「清音君らしいね」

累君がまた大きな声で笑った。

俺はちょっとだけ安心した。

今朝のあの憂鬱な表情とは全然違うから。

累君のそばにいたのは、わざわざタピオカ屋さんにまで誘ったのは、もちろん累君と話したかったからだけど、本当は累君を一人にしたくなかったからだ。

どんなくだらない話でもいい。

今はそばにいて話していたい。

そう思ったのだ。

それから俺は累君に刀の話をした。

いつかあいつに言われた。

「先輩の刀は綺麗だけど美しくない」

時々思い出す。

どういう意味かいまだにわからない。

「なるほどね」

累君はそう言って微笑んだだけで、どう思うかは教えてくれなかった。

ただ、こう言った。

「僕が目指すのも、美しい世界だよ」と。

それから俺たちは話しながらマンションに帰った。

「夕陽より朝陽の方が好き」

俺がそう言うと、累君は「清音君はそうこなくっちゃね」と言った。

あれはどういう意味だったんだろう……。

そして俺たちは、さっきも書いたように、ベルク・カッツェの出現に警戒しながら、最後の晩餐になるかもしれない、夕食の一時を楽しんだ。

みんなで。

でも、そのみんなの中に丈さんはいない。

楽しそうなみんなの顔を見るたびに、丈さんのことを思って苦しくなった。

「行ってらっしゃいよ」

洗い物をする俺にO・Dさんが囁《ささや》いた。

「大丈夫よ。どうなったって、私たちみんな待ってるから」

O・Dさんは俺の心に気づいていた。

そして俺はNOTEで丈さんに呼びかけた。

『丈さん、いつまで逃げるつもりですか?』

生意気な誘い文句だ。

でも、こうでも言わないと、丈さんは来てくれない気がした。

ここから先のことは、あまり書きたくない。

殴《なぐ》られた頬《ほお》がまだ熱い。

でも、ちゃんと書いて、いつかこの日記を読み返した時、思い出してみたい気持ちもある。

一言でいえば、俺は丈さんと初めて喧嘩をした。

初めて、丈さんを殴った。

もちろん正しいことじゃない。

丈さんは俺の先輩で、何よりも命の恩人だ。

命の恩人を殴るなんて、とても褒《ほ》められたことじゃない。

でも俺は今、不思議と後悔していない。

最初は喧嘩する気なんかなかった。

今の丈さんに対する悲しい気持ちを、伝えようと思っただけだ。

でも呼び出した夜の花みどり公園で、酔っぱらって足元もおぼつかない丈さんと向き合った時、悲しくて、悔しくて、涙がこぼれてしまった。

丈さんはそんな俺を笑った。

その時俺は、大嫌いな小文字の『w』を思い出した。

俺の知ってる丈さんはそんなふうに笑わない。

そんなふうに、人をバカにしたように、笑う人じゃない。

気づくと俺は、心の奥にたまっていた丈さんへの思いを叫んでいた。

俺の夢は世界平和。

それをいつあきらめてしまったのか。

丈さんの魂は、真っ赤な炎。

その火はいつ消えてしまったのか。

俺たちGメンバーの中で空を飛べるのは丈さんだけ。

その翼を広げることはもうないのか。

「お前もいつか、誰かを守れよ」

俺はあの言葉を守って、今までどんなにつらい戦いも乗り越えてきた。

なのに丈さんは……。

「俺たちは、無力だ」

ふらふらした足取りで、そんな弱気なことしか言わない。

俺がどんなに声を荒げても、丈さんはうつむいたまま、ぶつぶつと、ベルク・カッツェに叩きのめされた時の話をするだけだった。

手も足も出なかったのだという。

体だけじゃなく、心までズタズタにされたのだという。

自分になりすまされて、心の奥で眠っていた絶望まで見透かされて、「死んでしまいたい」と囁かれたのだという。

「本当はそう思ってるんだろ？」と。

あげくの果てに、ベルク・カッツェに無理やりNOTEを抜かれて、ただの弱い人間であることを思い知らされてしまった。

「あいつは何もかも見透かしてる」

人間の限界。戦うことの無意味さ。

ガッチャマンが、しょせんJ・Jに守られた、籠の鳥たちにすぎないということ……。

その何もかもを……。

「でも俺は崖を超えました」

俺はそう伝えた。

カッコ悪いけど、涙で顔がぐちゃぐちゃで、声もめちゃくちゃに震えていた。

俺は丈さんみたいにへこたれたりしていない。

そう言いたかった。

J・Jに、この星は俺たちの星だと伝えた。

だから俺たちがなんとかする、と。

あの時、この言葉が丈さんにまっすぐ届いていたら、あんなことにはならなかった。

あれは俺の心の叫びだった。

神といわれるJ・Jに逆らってまでも、決して超えることができない精神の崖を超えてまでも、やらなければならないことだった。

俺たちはもう籠の鳥じゃない。

そのことを丈さんに感じてほしかった。

でも、丈さんはまた俺を笑った。

口の端で、小さく、バカにしたように。

「お前はバカだ。何も知らねえガキだ」

正確には覚えていない。

確かそんなことを言われた気がした。

気づくと俺は芝生の上に転がっていた。

たぶん俺は、丈さんに殴りかかった。

実際にこの拳は一発ぐらいは丈さんの顔にあたったのだと思う。

でもすぐにねじ伏せられた。

丈さんの荒い息からお酒の匂《にお》いがした。

俺は大人になっても絶対にそんなもの飲まない。

殴られながら妙な決意をした。

「がっかりした」

「意気地《いくじ》なし」

「今すぐガッチャマンをやめてくれ」

俺はたぶんそんなことを叫んでいた。

「怖いだろ？」

丈さんは動じることなく、俺に何度もそう問いかけた。

「お前もしょせん無力なんだ」

「見ろ。何もできないじゃねえか」

「俺たちよりすごい奴なんてこの宇宙にごまんといるんだ」

「勝てるわけない。そうだろ？」

うろ覚えだけど、丈さんはそんな投げやりな言葉たちを俺にぶつけ続けた。

でも途中でその声が震えた。

「怖かったんだ、俺は……」

丈さんは、きっとあの恐怖を俺にも味わわせたかったんだろう。

ベルク・カッツェに叩きのめされた時の、とてつもない恐怖を……。

どうにでもしてくれ。

俺は丈さんに叩きのめされながら思った。

何発でも殴ればいい。

ぜんぶ受け止めてやる。

受け止められるのは、俺しかいない！

そのうち意識が遠のいた。

あいつとうつつが逆さまに見えた。
来てくれたんだ。
駆け出そうとするうつつを、O・Dさんが引き止めた。
すべてが断片で、確かな記憶じゃない。
気づくと俺は、自分の部屋で横になっていた。
うつつが手を握ってくれていた。
あいつが大きな氷を手の平にあててくれていた。
そこで思い出した。
俺は丈さんの手から煙草を奪って、手の平で握りつぶして、丈さんに投げつけたのだ。
そりゃ丈さんも怒るはずだ。
でも俺は怒らせたかった。
むきになって怒る丈さんの顔を見たかった。
二度とあんなふうに、悲しい顔で笑わないように。
「なんかすっきりした顔してますよ」
あいつは俺にそう言った。
うつつは泣いていた。
あいつは笑っていた。
うつつらしい。

あいつらしい。

なんだか妙に笑いたくなった。

俺は痛む体を起こして、最後の晩餐に戻った。

O・Dさんが俺の分のデザートを残してくれていた。

チェリーパイだ。

もう冷たくなってたけど美味しかった。

それから俺はみんなに、丈さんとの喧嘩の話をした。

なぜだか自分でもわからないけど、とっておきの笑い話みたいに、面白おかしく話した。

みんなは笑ってくれた。

やがてうつつも呆れたのか笑顔になった。

リーダーは怒っていた。

「だから地球人は未熟なんだ」って、いつもの調子で。

「丈ちゃんはぜんぶわかってるわよ」

O・Dさんがそう言ってくれた。

みんなそれを聞いて頷いた。

「なんかいいな」

累君がそうつぶやいた。

俺は話を続けた。

「丈さんは強いんだ」
なぜか自慢げに、そう言ったりして……。
悲しかったけど、悲しみたくなかった。
ぜんぶ笑い話にして、みんなに聞いてほしかった。
そうやってみんなと朝まで笑っていたかった。
今、この星は想定外の危機に見舞われている。
笑っている場合ではない。
でもどうしても、笑いたかった。
不思議だ。
どうしてこんな時にも人は笑えるんだろう。
「それが人間じゃないの？」
O・Dさんが言った。
「じゃなきゃやってらんないでしょ？」
半分だけ地球人のO・Dさんにそんなことを言われるのは、なんだかおかしかった。
でもO・Dさんが珍しく自分の話を始めると、さすがにみんなから笑顔が消えた。
O・Dさんは、ベルク・カッツェに親を殺されていた。
リーダーは、親友を殺されていた。
それは言葉にできないほど悲しいこと。

でも悲劇は、いつ誰の身に起きるか、まったくわからない。

「だから私は笑うの」

O・Dさんはそう言った。

いつ、誰とお別れすることになるか、わからないから。

だから笑える時に笑っていたいのだ、と。

ちょっと前の俺なら、理解できなかったかもしれない。

悲しい時は悲しむべきだ。

そう思ったかもしれない。

でも今ならわかる。

俺は今、笑っていたい。


今、部屋は静かだ。

またリビングで日記を書いている。

じゃんけんに負けたリーダーが片づけをして（正確にいえばリーダーはじゃんけんができないのでグーチョキパーを口で言う）、O・Dさんとうつつは自分たちの部屋に戻った。

すぐ隣の部屋なのに、なんだか寂しかった。

静かだ。

さっきまでみんなここで笑っていたなんて信じられない。

明日はどんな日になるだろう。
きっととんでもなくつらいことが待ち受けている。
そんな気がする。
気持ちが高ぶって眠れない。
俺はコラージュの続きを作った。
俺たちメンバーが並んでいる。
胸を張って、これから始まる厳しい戦いに臨もうとしている。
丈さんはいない。
でも赤い折り紙は用意している。
いつでもちぎって、そこに貼れるように。
だって、ここにあの真っ赤な炎がないと、俺たちは、俺たちじゃない。

さっき、リーダーがトイレに起きた。
ビールの飲みすぎだ。
珍しく心配そうな声で俺を気遣ってくれた。
「あんなバカなこと、今日だけにしとけよ」
そう言って俺の脇腹《わきばら》を軽く小突いた。
恥ずかしいことに、コラージュを見られてしまった。

リーダーは特に何も言わなかった。
ただ一言、「俺はもう少しでかい」
それだけ言って自分の部屋に戻った。
思えばリーダーはいくらビールを飲んでもトイレに起きることはあまりない。
もしかしたらトイレじゃなくて、ただ眠れなかっただけだったのかもしれない。
丈さん。
いつか、いつになるかわからないけど、今日みんなで笑った話を聞いてください。
丈さんは笑ってくれるかどうかわからないけど、どうか聞いてください。
今日のあの不思議な感じを、うまく話せるかわからないけど……。
丈さん。殴ってすいませんでした。
おやすみなさい……。

2015年　7月30日

O・Dさんのチェリーパイは、最後の晩餐にはならなかった。
俺は生きている。
メンバーたちも、みんな。
立川の町があんなことになるなんて思ってもみなかった。
俺たちはなんとかこの町を、この国を、この星を、守った。

しかし多くの犠牲者を出してしまった。

もっと笑いたかった人、もっと仕事をしたかった人、もっと好きなことをやりたかった人、もっと誰かと一緒にいたかった人、もっと誰かに感謝したかった人……。

俺は、俺たちは、そういう人たちを守ることができなかった。

それは、たった一日で起こった。

この星の景色をすっかり変えてしまった。

ベルク・カッツェは、菅山《すがやま》首相が逃げ込んだこの立川の町を攻撃した。

ベルク・カッツェの先導により、心なきクラウズたちが暴れ続けた。

彼らは俺たちと同じ人間だ。

殺すわけにはいかない。

でも俺たちは彼らを攻撃した。

「美しく斬ってください」

あいつはそう言って俺を送り出した。

これは戦争じゃない。ゲームなんだと。

思いや願いを込めて、たとえば一つの作品を作るみたいに。

峰打ちだ。

殺さず、生かす。

敵は人間。すなわち、俺たち。

そう思うと手が震えた。
でも引き下がるわけにはいかなかった。
俺はガッチャマンだ。
この星を守る、大いなる翼だ。
俺は刀に願いを込めた。
名を名乗れ。
目を覚ませ。
毎日、不安で息苦しいかもしれない。
でも、頼むから、明日を信じてくれ。
俺は戦いながら、町の人たちが一つになる姿を見た。
彼らも戦っていた。
市長や警察署長や消防署長だけじゃない。
普通の人たちも。
スマホ片手に、手と手を取り合って。
そして俺たちGメンバーもやっと一つになれた。
丈さんが戻ってきた。
嬉しかった。
リーダーも立ち上がった。

俺の願いを込めたコラージュが、現実の光景になった。

俺たちは集まり、胸を張って叫んだ。

ガッチャ！

累君はXを取り戻した。

Xは気づいたのだ。

自分の名を呼ぶ、かけがえのない友に。

そしてXは、GALAXという名の希望の地に、俺たちみんなを誘った。

菅山首相が、ガッチャンネルで叫んでいた。

この国のリーダーである苦悩と憤《いきどお》りを。

そうすることで彼は、ずっと自分を縛りつけていただろう息苦しさから抜け出した。

「たった一人のリーダーなんか要らない」

いつか累君が言っていた理想の社会がついにその顔を見せた。

何かが変わる。

俺は願いを込めた刀を振りながら、犠牲になった人たちに心を痛めながら、心の中がぐちゃぐちゃになりながら、それでもこの星の明日を信じた。

それぞれが、明日を信じて、できることをする。

俺たちの中に眠る醜い心に打ち勝つには、それしかない！

それは手ごわい敵だった。

ベルク・カッツェは、いや、俺たちの醜い心は、さらに拡散し、自らの首を絞《し》め続けた。

町はクラウズであふれ、さらなる犠牲者を出してしまった。

人間という生き物って、なんなんだ。

俺は腕がもがれるほどの痛みを感じながら、考え続けた。

本当に愚かな生き物なのか。

俺たちは人の不幸を嗤《わら》う。

不安だから、毎日息苦しいから、どうしても嗤ってしまう。

その嗤いがこの星を滅ぼそうとする。

でも刀を振る俺も人間だ。

体を張ってクラウズを止める自衛隊員たち。

見知らぬ誰かを助ける人たち。

みな、人間だ。

俺たちは、ただ人の不幸を嗤うだけの生き物ではない。

O・Dさんがついにその大きな翼を広げた。

ベルク・カッツェを、俺たちの醜い心を、消し去るために。

俺たちとの永遠の別れを覚悟して。

この星は未熟な星だ。

何度も何度も、同じ過《あやま》ちを犯してきた。

同じ人間同士、争いを繰り返してきた。
今だけじゃない。
振り返ればいつだって、俺たちの敵は、俺たち自身だったのかもしれない。
でも、こんなことで終わらせるわけにはいかないんだ。
俺はもっとみんなと話したい。
笑いたい。
楽しいことをたくさんしたい。
それでも醜い心は暴れ続けた。
息苦しさに耐え切れずに暴走し続けた。
そしてこの星が終わりかけたその時、あいつの言葉がNOTEに浮かんだ。
「僕らだけじゃ無理」
俺はあいつの元へ駆けつけた。
あいつはベルク・カッツェと話をしたという。
死なない。殺さない。
そういう決意をしたという。
「ヒーローって何スかね？」
あいつは俺にそう尋ねた。
それからその言葉を歌い始めた。

あいつはどんな時もそうだった。
どんなに追いつめられても、笑ってた。
へっちゃらな顔をして歌ってた。
最初は頭にきた。
でも、今ならわかる。
それはあいつの固い意志なんだ。
醜い心に抗《あらが》うための、決して揺るがない鋼鉄の意志なんだ。
J・Jはそれを知っていた。
だからあいつを俺たちの仲間にした。
『白い翼を持つ鳥は、決して迷い込んだのではない』
今ならわかる。
だから俺は黙ってあいつの歌を聴いた。
あいつはぐちゃぐちゃになったこの町の片隅で、誰かが落とした手帳を拾った。
開くとそこに、立川の駅前を描いたコラージュがあった。
「それを守ることだろ」
気づくとそう口にしていた。
あいつは俺を見て、にっこり笑った。
「でも、俺たちは完璧《かんぺき》じゃない」

あいつの前であんな弱気なことを口にしたのは初めてだった。

俺は自らの力を信じて、まっすぐ突き進んできた。

でも今日、戦いながら気づいたことがある。

戦士じゃない人たちが戦う姿を見て、気づいたことがある。

この世界は、俺たちだけじゃ救えない。

誰もが醜い心と向き合って、それを追い払わなければ、この戦いに勝つことはできない。

「だから、みんなを信じることだ」

俺たちは微笑み合い、「ガッチャ！」の掛け声と共に、再び戦いの地へ向かった。

累君も同じことを考えていた。

僕らだけじゃ無理だ。

でもそれは、俺の想像を遥かに超えていた。

累君はこの星の人間すべてにクラウズを配り、壮大なゲームを始めたのだ。

それはまさに、みんなを信じることに他ならない。

さらなる破滅を覚悟しながら、賭《か》けに出ることに他ならない。

俺は身構えた。

これから俺たちの前に現れるのは、さらなる醜い心なのかもしれない。

この星を自滅させる、悪魔かもしれない。

でも俺はどこかで信じていた。

累君がいつか言っていた、心が震えるほどの、すごい祭りが始まることを。
そして……。
この未熟な星の人間たちは、最後の最後で、自らの醜い心に打ち勝った。
だから俺は昨日と同じ部屋にいる。
そこでいつものようにこの日記を書いている。
この星がすっかり変わってしまったわけじゃない。
醜い心が完全に消え去ったわけでもない。
でも俺たちは勝った。
それは驚きと喜びに満ちた、今まで感じたことのない勝利だった。
戦ったのは俺一人じゃない。
俺たちGメンバーだけでもない。
みんなだ。
俺は名も知らぬ人たちが、次々とヒーローになる瞬間を見た。
彼らの作り出したゲームが、顔も知らぬ誰かを救う瞬間を見た。
クラウズがクラウズを倒すゲーム。
瓦礫を集めてポイントを稼ぐゲーム。
人探しのゲームは、離ればなれになってしまった多くの家族を再会させた。
おにぎり早握りゲームは、お腹を空かせた人たちの長い行列を作った。

みんなこの星のあらゆる場所から、クラウズという心を使って、たくさんのゲームに参加してくれた。

クラウズは物理的な距離を簡単に超える。

この立川からどれだけ離れていても、一瞬で来ることができる。

名もなき暴徒たちであふれていた立川は、次第に名もなきゲームの参加者たちで埋め尽くされた。

やがて俺たちは翼を閉じて、今まで見たこともない、ワクワクするような革命を目撃した。

そして絶望の地は、一瞬にして喜びの地に変わった。

鮮やかな夕焼けに染まる空を見上げると、いつの間にかやってきたMESSたちがいた。

彼らはどう感じただろう。

この星を。

愚かだけど、決してあきらめることなく戦った、俺たち人間のことを。

喜びの地で呆然《ぼうぜん》と立ち尽くすベルク・カッツェを見た。

その背中は孤独に見えた。

彼には見えただろうか。

人々の背に、彼らだけの翼が生えた瞬間を。

いつか聞いたことがある。

鳥の翼は元々は飛ぶためにあったんじゃない。

その体を温めるためのものだったという。

でも恐らくいつの日か、自らの新しい可能性を感じ、新しい世界に踏み出すために、空を飛ぶ機能へと進化したのだ。

みんなそれぞれのやり方で、好き勝手に、その翼を広げていた。

累君がそれを微笑んで見ていた。

彼は本当にすごいことを成し遂げた。

俺たちの仲間。誇るべき、七つめの翼だ。

祭りは朝まで続いた。

俺たちも自分のクラウズを出して、ゲームに参加した。

丈さんはおにぎり早握りゲームでベストスコアを出して、自慢げな顔で俺を見た。

俺もムキになって頑張ったけど、どうしても勝てなかった。

明日もやる。

この町が元どおりになるまで、どんなゲームにもチャレンジしてやる。

マンションに戻るとすっかり朝になっていた。

朝食を作って、リーダーと一緒に食べた。

あいつと累君は、まだどこかでゲームをやってるらしい。

俺ももう少しやっていたかったけど、さすがに眠い。

丈さんも「限界だ」と言いながら、珍しくマンションに戻ってきた。

少し眠ろう。

でもどうしてもやりたいことがある。

あのコラージュを完成させたい。

丈さんの炎はやっぱり美しかった。

完成させて、明日丈さんに見てもらおう。

「俺の方がうまいよ」

丈さんはきっとそう言うだろうけど……。

2015年　8月1日

立川はすっかり有名になってしまった。

今日もテレビ局の取材陣や観光客たちで賑《にぎ》わっていた。

「立川は危険だ」という声もあるけど、俺たちや清水市長がガッチャンネルで「一度来てください」と呼びかけたこともあり、すぐにいろんな場所から大勢の人たちが集まってきた。

外国から来るクラウズもたくさんいる。

今日もいろんな国の言葉で話しかけられた。

せめて英語だけでも話せたら……。

丈さんや累君が普通に英語で話しているのを見てすごく後悔した。

授業中に居眠りしまくってしまった自分を恨《うら》んだ。

何はともあれ、おかげさまで立川は復興への道を歩み始めた。

具体的な復興策のアイデアもみんなからたくさん集まって、誰かがそれをゲームにして、みんな楽しみながら参加している。

俺は前に、誰もがスマホという小さな機械に支配されていると書いた気がする。

今でもそういう人たちはいるだろう。

でも、そうじゃない人たちもいた。

今回のことで、その支配から脱した人たちもたくさんいた。

今はそう思っている。

彼らはあの小さな機械を武器に、今まで誰も見たことのない景色を見せてくれた。

それは事実だ。

俺も参加できるゲームはなるべく参加して、アップデートボタンを押している。

おかげでXとはだいぶ仲良くなった。

「清音君、あなたの力が必要です」

Xは時にそう語りかけてくれる。

俺にしかできない役割を示してくれる。

ちなみにGALAX内での名前は本名に変えた。

理由は特にないけど、そうしたくなった。

俺はXに頼まれて、時に暴れるクラウズと戦っている。

刀に願いを込める。

もっと、楽しもうぜ。

そのエネルギー、別のことに使ってみようぜ。

そんなふうに……。

それは戦闘じゃない。

それすらここでは楽しいゲームなのだ。

しかし復興をゲームでやるなんて……。

それが楽しいというだけでこんなにたくさんの人が参加してくれるなんて……。

俺にはまだそのことが信じられない。

もちろんこの動きがいつまで続くかはわからない。

一過的なブームだという声も聞く。

でも一つ確かなことは、みんなこの先、この立川という町を忘れることはないだろうということだ。

もちろん広島も長崎も福島も、忘れてほしくないし、俺も絶対忘れない。

立川もそれらの町と同じように、悲しいけど決して忘れてはならない町になった。

どの町にも、今も苦しんでいる人がいる。

犠牲になった人もたくさんいる。

でも今回はそこに「楽しさ」という想定外のものが加わった。

それはこの星の歴史にとって、大切な一ページになったと思っている。

今日はバラエティ番組の収録もやっていた。

可愛らしいタレントさんがクラウズのゲームに参加していた。

あまりテレビを見ないから名前まではわからないけど、リーダーがいつの間にか最前列で見物していたことは書き記しておこうと思う。

リーダーもすっかり人気者だ。

特に子どもたちに。

「サインを考えたから見てくれ」と、何十種類ものパターンを見せられた。

正直どれがいいかさっぱりわからなかったけど、やっぱりわかりやすい平仮名《ひらがな》のものがいいんじゃないかと提案しておいた。

ちなみに俺も恥ずかしながらサインを求められることもある。

その時は楷書《かいしょ》できっちり書く。

時には『希望』とか『絆《きずな》』という文字を添える時もある。

「恥ずかしいよお前」

丈さんはそう言う。

でもそれで元気になる人が一人でもいればいいと俺は思っている。

でも、いちばん「書いて」とせがまれるのは、やっぱり「ガッチャ！」なんだけど……。

丈さんはすごく元気になった。

今はガッチャマンとしての戦闘がほとんどないから、市役所の制服姿で町の復興を手伝っている。

髪を後ろで束ねて、眼鏡をかけている。

正直、あの風貌にはまだ慣れない。

俺がそう言うと、丈さんはちょっと恥ずかしそうに微笑んで、「これが大人だ。わかるか？」と言った。

まったく、丈さんらしい。

「これは革命だ」

そういう声をよく聞く。

確かにそうだ。

でもそれが今までのそれと違うのは、特定の誰かが行ったものではないということだ。

確かにこの町にゲームで革命を起こしたのは累君だ。

その背中を押したのは、あいつ、一ノ瀬はじめだ。

でも主役はその二人だけではない。

俺も戦った。

Gメンバーのみんなも。

そして、政治家でもヒーローでもない、名もなき人たちも、自分にできることをした。

これはそういう革命だ。

すごいんだけど、どこか笑ってしまう、楽しい革命だ。
あいつは毎日、あいつにしかできない仕事をしている。
キューブ状になったクラウズをハサミで切って、NOTEに作り替えているのだ。
どんなものもデザインする力。
O・Dさんがあいつの能力をそう表現していた。
俺たちガッチャマンはみな自分だけのNOTEを持つ。
そこにはメンバーそれぞれの力が秘められている。
俺は刀で、丈さんは炎。
うつつは生き物の生と死を操る力。
リーダーは人々の盾になる力。
O・Dさんはすべてを消し去る力。
そして、あいつは、デザインする力。
あいつの能力はなんだろう。
それがずっと疑問だった。
でも思えば、最初からあいつはデザインをしていた。
俺たちをさんざん手こずらせたMESSを一瞬で手なずけて、友達にまでなった。
あいつだけが持つ武器、ハサミで。
MESSの心を変化させ、この星の生物が敵意を持っていないことを彼らに伝えた。

MESSに敵意はない。

それは俺たちGメンバーの中ではもはや常識となった。

俺にはあいつが何気なく作った折り紙と、今のあいつの任務が、一直線につながって見える。

あいつがクラウズをNOTEに作り替える。

それを累君が、クラウズ使用によりダメージを受けた人たちに与え、ダメージを和《やわ》らげる。

クラウズは僕らの心。

あいつがいつもそう歌っている。

心は素晴らしい。

でも時に暴れてしまう。

そんなこともある。

でもそれを収めることができるのは、やはり俺たちの心。

それしかないのだ。

今回俺たちが学んだいちばん大きなことは、そのことだ。

ちなみにO・Dさんは助かった。

ベルク・カッツェとの戦いでひどい傷を負ってしまったけど、うつつの助けもあり一命を取り留め、今ではいつものジョークが炸裂《さくれつ》するほど元気になった。

時々元気すぎて困ってしまうほどだ。

２０１５年　８月２日

今日は俺の十九回目の誕生日だった。

今まで誕生日だからといってメンバーに祝ってもらったことはなかったけど、今年はみんながサプライズで祝ってくれた。

ＣＡＧＥに入った途端に明かりが消えて、俺は思わず刀を抜いた。

大きな声で辺りを威圧したその時、明かりがついて、クラッカーが弾《はじ》ける音がした。

それでも俺はまだ気づかずに刀を振り回した。

そこでやっとみんなが俺を見ていることに気づいた。

笑われた。

だいぶ恥ずかしかった。

リーダーが爆笑する姿を初めて見た。

それからＯ・Ｄさんとあいつとうつつが作ってくれたというケーキをみんなで食べた。

丈さんは顔にケーキをぶつけてきた。

リーダーはまた爆笑した。

しすぎて泡を噴いた。

丈さんはダーツの矢をプレゼントしてくれた。

ダーツなんて一度もやったことないけど、いつか丈さんに教えてもらおうと思う。

うつつからは刀袋をもらった。

可愛らしい水色で、なんと花柄が入っている。

正直ちょっと恥ずかしいけど、二学期になったら一度は学校に持っていかなきゃなと思っている。

O・Dさんからは抱き枕をもらった。

白い猫のやつだ。

「これで猫アレルギーも治るかもね」

そういうものなのだろうか。

さっき見たら、背中に『清音ちゃんLOVE』という刺繍《ししゅう》が入っていた。

おまけでアイマスクも入っていた。

目が描かれているやつだ。

その目は異常に笑っている。

いや、にやついているという表現がぴったりだ。

うつついわく、O・Dさんは俺が毎日ちゃんと眠れているか心配しているのだという。

お心遣い、とてもありがたい。

でも、この猫を抱いて、このアイマスクを着けて寝るのは、累君の手前、さすがに恥ずかしい。

とりあえず神棚に置いてゆっくり考えようと思う。

累君からはスマホカバーをもらった。

スマホはカバーをつけるものだということを今日初めて知った。

そういえばみんなつけている。
着物の生地のような、和風の柄だ。
色は紫。
すごく気に入った。
ありがとう累君。
リーダーからは『ガッチャマン百ヶ条』なる巻物のようなものをもらった。
さっき二十いくつまでは読んだ。
しかしよく百個も思いつけたものだと妙に感心してしまった。
あいつは日記帳をくれた。
白い表紙に、折り紙で作ったコラージュが貼りつけられていた。
それは、刀を手に構える俺だ。
さすがにうまい。
あいつにはとてもじゃないけど俺の下手くそなコラージュは見せられない。
『日記でござる』
裏にコラージュの文字でそう書かれていた。
俺は『ござる』なんて、一度も口にしたことはない。
しかし、なんであいつは日記帳だったんだろう。
俺が日記をつけていることは誰も知らないはずなのに……。

みんなにお返しをしなきゃと思って、O・Dさんにみんなの誕生日を聞いた。
O・Dさんはなんでも知っている。
まるでお母さんみたいだ。
O・Dさんとリーダーと丈さんはシャンパンを飲んで酔っぱらった。
丈さんが投げたダーツの矢がリーダーのお尻に命中した時は相当笑った。
酔うと説教を始めるリーダーはやっぱりお父さんだ。
丈さんはもちろん兄貴で、うつつは妹。
累君は？
できのいい弟、かな。
あいつは？
年齢からいえば妹なんだろうけど、なんだかしっくりこない。
だからといってお姉ちゃんというわけでもない。
あいつは、なんだろう。
やかましい親戚《しんせき》の子？
うーん。なんか違う気がするけど……。
まぁ、今日はそういうことにしておこう。
突然始まったパーティーは夜遅くまで続いた。
マンションへの帰り道、丈さんに誘われて駅前に寄った。

駅前の一角に、たくさんの花が供えられた場所がある。

丈さんにならって俺も手を合わせた。

もうすぐここに慰霊碑《いれいひ》が建つのだという。

立川の戦闘で亡くなった多くの人たちの魂を鎮《しず》めるためだ。

丈さんの提案で作ることが決まったのだという。

俺は丈さんのそういうところが好きだ。

「忘れるなよ」と丈さんは言った。

「絶対に、忘れるな」

俺は頷いて、丈さんの大きな背中を見つめながら、マンションに戻ってきた。

今、目の前に、みんなからもらったプレゼントたちがある。

俺は幸せだ。

こんなふうに誕生日を祝ってもらえるなんて。

さっきGALAXを開いたら、見知らぬ誰かから、誕生日メッセージがたくさん届いていた。

Xからも「おめでとう」と言われた。

俺は幸せ者だ。

もう二度と、こんなことをしてもらえない人たちがいる。

彼らはあの花の下に眠っている。

絶対に忘れない。

彼らに見守られて、俺は戦う。
もう二度と、罪なき犠牲者を出さないように……。

2015年　8月9日

少し日にちが空いてしまった。
申し訳ない。
相変わらず立川は賑やかだ。
今日はガッチャンネルで居合い術を披露《ひろう》させてもらった。
緊張した。
「カッコいい」という声がいくつかあって嬉しかった。
でも子どもは絶対に真似しないように。
それだけは何度も注意した。
日記が数日空いてしまった理由を考えた。
書きたいことはたくさんある、はずだ。
でも、そのほとんどを俺はNOTEに書いてしまっているのかもしれない。
そうやってメンバーと言葉を交わし合うことが増えた。
前はそんなふうにNOTEを使うなんて考えもしなかったけど。
直接話すことも多くなった。

なんで今までそうしなかったんだろう。

そう不思議に思ってしまうほど、僕らはよく話すようになった。

うつつと二人でタピオカを飲みに行った。

うつつは実はあの店の常連だった。

よく今まで一度も出くわさなかったものだ。

俺がそう言うと、うつつは今までに三回俺をあの店で見かけたのだという。

声をかけてくれればよかったのに。

一応そう返したけど、前の俺なら同じように声をかけることはしなかっただろうと思う。

しかし三回と几帳面《きちょうめん》に言うところがなんだかうつつっぽかった。

うつつはもしかして累君のことが好きなのかもしれない。

間違っていたら申し訳ない。

やたらと累君のことを聞いてきた。

累君とは相変わらず同じ部屋で寝ている。

「そのうち部屋を見つけるから」

そう言っているけどなかなかそうはしない。

だいぶ仲良くなって、いろんなスマホゲームを教えてもらった。

何をやっても累君が勝つ。

俺にはたぶんゲームの才能はない。

心からそう思う。

なんでも知っていると思って感心していた累君だけど、案外知らないことも多い。

俺と同じようにテレビを見ないのでその手のことは疎いし、ボーリングもカラオケも一度もやったことがないらしい。

まぁ、俺も同じようなものだけど。

そのうちみんなで行こうと思う。

O・DさんはGALAX内の俺のBARによく来る。

「今夜も寂しいのよね〜」と、カクテルを注文する。

俺はカクテルなんてまったくわからないけど、アイテムを適当に組み合わせて提供する。

O・Dさんにも寂しい夜があるなんて知らなかった。

大人は時々意外な顔を見せるものだ。

俺が「息苦しさ」について話すと、「もちろんわかるわ」と言ってくれた。

今までは俺も俺という殻《から》の中にいて気づけなかったけど、みんな案外同じようなことで悩んでいるのかもしれない。

O・Dさんはよくうつつの話をする。

彼女の成長を心から喜んでいるようだ。

一度、これは直接会った時だけど、O・Dさんが作ったコラージュを見せてもらった。

俺たちGメンバーの写真を並べたものだ。

いつの間にかそんなことをしてたなんて驚いた。

もちろんうつつの写真がいちばん多かった。

『グッバイ、うつつ』

そう書かれていた。

ベルク・カッツェと戦う前にうつつに渡すつもりだったのだという。

でも結局渡しそびれた。

「もし私があの時死んでたとしても」

O・Dさんはある時、物騒なことを言い出した。

「それでもうつつは今のうつつになってたと思う」

俺たちがいるから、だという。

でも俺たちがお互いを信頼し合えるいいチームになったのは、間違いなく、Gチームの偉大なる母、O・Dさんのおかげだ。

O・Dさんは人によって付き合い方を変えない。

いつも大きな視点で俺たちを見守ってくれる。

それが、俺がO・Dさんのもっとも尊敬するところだ。

うつつは累君のことが好きかもしれない。

その話題をO・Dさんに言いかけたけど、やめておいた。

なんだか告げ口しているみたいで悪いし。

でもこうやって日記に書いちゃってるけど……。
この日記が誰にも読まれないことを、切に願う！
リーダーにはこの前初めて夕食を作ってもらった。
リーダーは料理の難しさに初めて気づいたようだ。
「今まで不味いと思って悪かった」
その言葉の方がだいぶショックだった。
やっぱりそう思っていたのか……。
でも最近はだいぶ上達したはずだ。
累君も褒めてくれるし。
いや、でも、そういえば、
「清音君、いつもありがとうね」
リーダーがいつも言っていたのと同じ言葉だ。
ということは……。
よそう。
悪い夢を見たくない。
おやすみなさい。

2015年　8月12日

今日は珍しくあいつと長く話した。

ついさっきのことだ。

いつものように夜、公園で刀を振っていた。

視線を感じて振り返ると、あいつが微笑んでいた。

「やっぱ綺麗ですね、先輩の刀は」

今まで見たことのない目だった。

それがちょっと気になって、俺は立ち去ろうとするあいつを呼び止めた。

いろんな話をした。

思えばずっと一つ屋根の下で暮らしてきたのに、ずっと一緒に戦ってきたのに、長く話すのは初めてのことだった。

まず、ショックだったことを書いておこう。

あいつは、俺の日記を読んでいた！

本当に驚いた。

あれほど厳重に管理していたのに。

あいつの話を聞いて思い出した。

確か累君がマンションに来たばかりの頃だ。

俺は夜中に、累君を起こしちゃいけないと、リビングで日記を書いていた。

気づくと眠ってしまっていた。

あの時だ。

あいつは俺のそばでずっと日記を読み続けていたのだという。

読んでいて面白くなってきたから俺を起こすのを忘れたのだという。

だから誕生日プレゼントに日記帳だったのか！

だから俺のBARでタピオカを頼んだのか！

ふざけるな。

人の日記は読むものじゃない。

俺は怒ったけど途中でバカらしくなった。

あいつが俺の日記の言葉をけっこう正確に覚えていて、それを本当に面白そうに話し続けたからだ。

こいつには何を言っても無駄《むだ》だ。

そう思って怒ることをあきらめた。

人の日記は読むななんて、そんなルール、あいつの中にははなっから存在しないのだ。

しかも読んだのはあの夜だけじゃない。

あれ以来あいつは、眠っている俺の部屋に忍び込んでは日記帳を探り出し、続きを読んでいたのだという。

「なんで僕だけ『あいつ』なんですか？」

「先輩、ああいうこと悩んでたんですね」

それからあいつは、この日記帳の真っ白な表紙をいじってみたいと言った。

やめろ。いじるな。

これはこれでいいんだ。

あいつが俺の日記に書かれた言葉を復唱するたび、恥ずかしくて背中に汗が噴き出すのを感じた。

俺は観念した。

開き直って、あいつとの思い出を語り合った。

もうそうするしか逃げ道はなかった。

そう開き直ったおかげ腹を割った話ができた。

俺も実はいつかああいう話をあいつとしておきたかった。

俺は最初、あいつのすべてにむかついていた。

言葉遣いを知らない。

先輩を先輩とも思わない。

ガッチャマンの任務をバカにしてる。

ＭＥＳＳとまともに戦わなかったり、いきなり精神の崖を超えたり、公衆の面前で変身したり
……。

挙げていけばきりがない。

あいつは存在そのものがすべて想定外だった。

でも、振り返ってみれば、あいつは正しかった。

ＭＥＳＳが俺たちの敵ではないと気づいたのも、Ｊ・Ｊが恐れるべき相手ではないと気づいたのも、俺たちガッチャマンがその正体を世間にさらすべきだと気づいたのも、それから、ベルク・カッツェとの戦いは俺たちガッチャマンだけじゃ無理だと気づいたのも、最初はぜんぶあいつだった。

そのことが一つ一つ証明されて、今のこの状況がある。

それはまぎれもない事実だ。

「懐《なつ》かしい」とあいつは言った。

夜空を見上げながら。

あんなあいつの横顔を見たのは初めてだった。

うまく言葉にできないけど、あいつはちょっとだけ、いつものあいつじゃなかった。

今もこうして日記を書きながらそう思っている。

でもこんなことは絶対に読まれたくない。

今日はこの日記帳を抱いて眠ろうと思う。

いや、それは、いい。

別に心配してるわけじゃない。

あいつはいつもあいつで、何があってもへこんだりはしない。

そのはずだ。
でも、ちょっとだけ気になる。
あいつはふだん口にしないようなことを何度も口にした。
まっすぐに悩む俺のことを褒めた。
素晴らしいと思うと言った。
あいつはそんな俺をバカにしてる。
ずっとそう思っていた。
今日の今日まで。
あいつと違って視野の狭い俺を。
いろんなことに気づかずに一人悩んで苦しんでいた俺を。
「でもそれが先輩なんですよね」
あいつはそう言った。
俺という人間を尊重し、評価してくれた。
なんだか嬉しかった。
確かに俺とあいつは違う。
俺と丈さんも、丈さんとリーダーも……。
みんなそれぞれ違う。
もしかしたらあいつが言いたかったのはそのことだけだったのかもしれない。

みんな違う。
だからみんな、いなくならずに、ここにいてください。
あいつはそう言いたかったのかもしれない。
そのことの証明として、立川に楽しい革命が起きたのかもしれない。
そう感じた。
みんなそれぞれ違うから、みんな好き勝手に動いた。
危険な一方向に傾きかけていたクラウズたちが、バラバラになった。
だから、なんとかなったんだ。
だから今も、なんとかなっているんだ。
みんなはあいつがそんな偉大なことをしたなんて気づいていないかもしれない。
ゲーム革命を起こした累君だけがこの星を救ったと思っているのかもしれない。
でも、違う。
俺たちメンバーは知っている。
俺たちのスイッチを押したのはあいつだ。
俺の狭い視野を広げて、うつつの心を開いて、リーダーの肩の荷を軽くして……。
挙げていけばきりがない。
あいつはまず、俺たちGメンバーの中で小さな革命を起こした。
それがいつの間にかどんどん広がって、この星を覆《おお》い尽くす気分を変えた。

始まりはいつも、あいつだったんだ。

俺はそのことを、ちょっと恥ずかしかったけど、あいつに伝えた。

うまく話せたかどうかわからないけど、あいつは「ありがとう」と言ってくれた。

「ほんとに楽しかったですね」

あいつがそう言った時は何気なく聞き逃していた。

あいつが日記に出てきたコラージュが見たいと言い出したから、マンションに戻って見せた。

「カッコいい」と喜んでくれた。

「丈さんから炎出すぎ」

そんな余計なことも付け加えていたけど。

念のため、うつつの件はみんなには黙っているように伝えた。

うつつがもしかしたら累君のことを好きなのかもしれないという話だ。

でもあいつはきょとんとして、

「うつつはみんなのことが大好きですよ」

と言った。

そうか。まぁ、そうなんだろうけど……。

今日もあいつの風呂は長かった。

俺は下手くそなスマホのゲームで時間をつぶして、自分の番を待った。

あいつはようやく風呂から上がって、自分の部屋へ戻った。

「もっといろんなこと、話しておけばよかったですね」
それから俺は風呂に入って、なんとなく思った。
なんで過去形なんだろう。
あいつの言葉だ。
これからもずっとここで一緒に暮らして、一緒に戦っていくはずなのに。
なんで……。
まぁいい。
もう寝よう。
この日記帳をしっかり抱きしめることを忘れずに……。
おやすみなさい。

2015年　8月14日
今日はメンバーとたくさん話した。
最近本当にみんなとよく話す。
だからこの日記には書くことはないかもと思ったけど、どうしても気になることがあったので
やっぱり書いておこうと思う。
みんなとは立川の駅前で出くわした。
みんなそれぞれ観光客とゲームをやったり、壊れた家を直すのを手伝ったり、丈さんは今日

ガッチャンネルの番だったので、清水市長や葵《あおい》さんや真緒《まお》さん（丈さんの同僚《どうりょう》で、クラウズゲームやGALAXを通じて友達になりました）と一緒に出演していた。

ちなみに丈さんは市役所職員の立場として立川の復興状況を伝えていたんだけど、視聴者の皆さんからせがまれて、カメラの前で変身した。

丈さんの女性人気の高さには驚かされた。

そして累君も……。

俺は、そんなでもない気が……。

まぁ、それはいつかまた書くとして……。

とにかくみんなと駅前で会った。

累君もいた。

あいつはクラウズをNOTEに作り替える作業が忙しいらしく、いなかった。

だからというわけじゃないけど、あいつの話になった。

グランデュオにあるワッフル屋さんに寄った、その帰り道で。

ワッフルは美味しかった。

うつつは俺がタピオカ好きなことをみんなにばらした。

丈さんは「お前も変わったな」と笑っていたけど、俺がタピオカを好きなのは子どもの頃からですから！

まったく女子というやつは。

最近あのうつつが、学校によくいる女子に見える時があってけっこう戸惑う。

それも、今はいい。

ついつい脱線してしまう。

俺たちはあいつの話をした。

正確にいえば、俺が切り出した。

「最近、あいつの様子、おかしくないですか？」

二人で話した時のことが気になっていたからそう切り出した。

そして俺たちはマンションに帰る途中、公園で一休みしながらあいつの話をした。

二人で話した時、珍しく俺を褒めたり、見たことないような顔で俺が刀を振るのを見ていたり、
何より気になったのは、あの過去形の言葉だ。

「もっといろんなこと、話しておけばよかったですね」

どうしてもあれが気になる。

するとうつつも同じようなことがあったと言い出した。

うつつはリボンのお返しにあいつに盆栽《ぼんさい》をあげたのだという。

そのことも意外で驚いたけど、理由はあいつがハサミ好きだかららしい。

その時、あいつはその盆栽を「可愛い」と喜んで、こう言ったのだという。

「これからもずっとそう思えたらいいな」と。

過去形ではない。

でもやはり気になる表現だ。
あいつがそんな不安げなことを口にすることは今まで一度もなかったからだ。
みんなも同じ意見だった。
「きっと考えてるのよ」
O・Dさんはそう言った。
それは、ベルク・カッツェのことじゃないかという。
ベルク・カッツェ。
俺たちを限界まで苦しめた、悪の権化。
この星の誰もが持つ、醜い心の象徴。
それを利用して、この星を滅亡させようとした、恐ろしい存在。
その彼は、今、いない。
立川での戦闘が終わったあの日以来、誰もその姿を見ていない。
累君がいつかネットで調べてみたらしいけど、目撃談はなかったそうだ。
Xもあれ以来、その存在を認識していないという。
どこに行ったんだ。
それは俺たちGメンバーがずっと気になっていたことだ。
丈さんとその話をしたこともある。
ある時突然戻ってくるかもしれない。

そしてまたとんでもない祭りを起こすかもしれない。

だから決して気を抜くことなく、身構えていよう。

俺たちはそう誓《ちか》い合った。

でも、とりあえず俺たちが出した結論は、

『ベルク・カッツェはこの星に飽《あ》きて、今頃他の星に行って騒ぎを起こしている』

そういう解釈だった。

そしてあれから数週間。

正直、時々、ベルク・カッツェのことを忘れてしまう自分もいる。

考えれば恐ろしいことだ。

あれだけ恐怖を感じたのに、奴のせいで多くの命が失われたのに、つい忘れてしまう。

でも、あいつはずっと、一日たりとも、ベルク・カッツェのことを忘れてはいなかったのかもしれない。

思えば、奴といちばん長く話したのは、累君を除けばあいつだけだった。

あいつは俺と丈さんを助けた時、そしてその後も、GALAXを通じて奴とコンタクトを取っていた。

「カッツェの姿が見えない」

あいつはそう言っていた。

俺たちには確かに見えた。

派手な服装、くしゃくしゃの長い髪、その髪に隠れた目、そして凶暴な菱形の尾……。

そのすべてが、あいつだけには見えていなかったのだ。

なぜかはわからない。

あいつもそう言っていた。

でも、どうしても見えないのだという。

あいつはきっとそのことをずっと考えていたのだろう。

奴を、なんとかしなければならない。

そう考え続けていたんだろう。

ベルク・カッツェと決着をつける。

それがどういう方法を取れば可能なのか、正直俺たちにはわからない。

でも決着をつけなければ、悲劇は繰り返されてしまうかもしれない。

もしかしたら今度現れた時は、この前より遥かに邪悪な手段を編み出しているかもしれない。

リーダーとO・Dさんは言っていた。

ベルク・カッツェは、その星を滅ぼすまで、絶対にあきらめない。

今まで、ただの一度も、あきらめたことはない。

身震いがした。

俺たちは今、一瞬嵐が過ぎ去った、ほんの短い時間の中にいるだけなのかもしれない、
その時が来れば、戦う。

俺たちの思いに迷いはない。

O・Dさんも今日改めて、その思いを俺たちに語った。

人生でいちばん大切なのは、思い出。

O・Dさんは改めてそう気づいたのだという。

今までは、あの日までは、思い出を作ることが怖かった。

なぜなら、そのすべてを消し去る力を、自分が持ってしまっているから。

でもベルク・カッツェと再び相まみえた時、
生きたい。

もう少し生きていたい。

そう思ったのだという。

いよいよこれで最期かと覚悟した瞬間、うつつはO・DさんにNOTEを通じてメッセージを送った。

それは今でもよく覚えている。

『今日のご飯は私が作る。だからちゃんと帰ってきてね』

確かそんな、なんということのないメッセージだった。

でもそんな何気ないメッセージを見た時、O・Dさんは生きたいと思ったのだという。

うつつの顔や、俺たちみんなの顔が次々と浮かんで、絶対に生きて戻ると決意したのだという。

Gメンバーにそんな思いを感じたのは初めてで、そのことが嬉しいと言ってくれた。

だからもう思い出を作ることをためらわなくなったのだという。

もしすべてが消え去ったとしても、思い出だけはきっと残るはずだ、と。

そういえばO・Dさんは最近どんどんみんなのスケジュールを押さえている。

カラオケ、ボーリング、バーベキュー。

その他諸々《もろもろ》……。

正直苦手なことばっかりだから戸惑ってたけど、そこにはそんな物語があったのだ。

「J・Jに感謝してる」

O・Dさんは言った。

一ノ瀬はじめという人間をGメンバーに入れてくれたからだという。

そこからそれぞれがあいつを賛辞する言葉を並べた。

あいつがあの場にいたら、顔を真っ赤にして、自慢のドリルで芝生に穴を掘って、潜《もぐ》り込んだかもしれない。

いや、あいつはそんな奴じゃないか。

とにかくみんなあいつという人間を讃《たた》えた。

みんなの心をざわつかせた、厄介な新人は、俺たちのチームに革命を起こした。

みんなは、俺とあいつの喧嘩を、時には笑って眺めながら、何かが変わっていく予感を覚えていたのだという。

悔しいけど俺もそうだった。

俺はあいつのおかげで、今までにない新しい視点を授かった。
自分だけの答えというものは、そうやって得るものなのだと知った。
おかげで俺は一生超えることができないと思っていたあの崖を、超えることができた。
あの息苦しい鳥籠から、飛び立つことができた。
丈さんがあいつについてどう思っていたのか、俺たちは初めて知った。
自分なんてちっぽけな存在だ。
そう思っていた心を変えてくれたのは、あいつだったのだという。
夢は世界平和。
そんな青臭い自分を、もう一度愛することができたのだという。
地球人、まだまだ捨てたもんじゃない。
そう思わせてくれてありがとう。
丈さんはあいつに出会って、そういう気持ちになったのだという。
驚いた。
そしてちょっと悔しかった。
丈さんの心に火をつけたのは、俺だと思ってたのに。
でも、正直誰でもいい。
俺が大好きな丈さんが戻ってきたのだから。
うつつは、あいつが来る前、毎日消えてなくなりたいと思っていたのだという。

気づかなかった。

いや、正直に言おう。

気づいていたけど、どうすることもできずにいた。

うつつは自分の能力を嫌っていた。

生き物を自在に生かし、殺す力。

うつつじゃなくてもそうだっただろう。

うかつに誰かの手を握ることもできないのだから。

だからうつつはあいつのことが大嫌いだったのだという。

自分と正反対の、元気な女の子。

楽しいことを全力で受け入れて、その喜びをまったく隠そうとしない、まぶしすぎる太陽。

なんでそんな子がすぐそばに来てしまったのか、自分の運命を呪《のろ》っていたのだという。

でもそのうち気になり始めた。

嫌っても、嫌っても、あいつはうつつに笑顔を贈り続けた。

どうしてだろう。

うつつは考えた。

どうしてこんな後ろ向きでだめな自分のことをずっと見てくれるんだろう。

「うつつはそのままでいい」

あいつはそう言ったのだという。

一緒にいたい。
いろんな話をしたい。
いつしかうつつは、大っ嫌いなあいつにそう思うようになったのだという。
そして何よりも嬉しかったのは、あいつに手を握られたことだという。
そんなことをしてくれたのは、今までO・Dさんだけだった。
自分という存在を丸ごと受け入れてくれた。
だからうつつは、あいつが走れと言えば走ったのだという。
笑ってと言えば、笑ったのだという。
それがちっとも、自分でも驚くほど、ちっとも嫌じゃなかったのだという。
リーダーはきっと俺以上にあいつをうっとうしいと思っていたはずだ。
でも今日、リーダーは、ためらうことなくあいつに賛辞の言葉を贈った。
いつの間にか買った缶ビールで酔っぱらっていたからかもしれない。
でも、きっとそれは嘘じゃない。
あいつは誰よりも先にリーダーの悩みに気づいた。
いつも肝心《かんじん》な時に逃げてしまう。
いざとなるとJ・Jの判断をあおいで、リーダーなのに自分で決められない。
あいつはそのことに気づいていて、でもそれを責めることはしなかった。
「逃げたければ逃げればいい」

そんなことを言われたのは初めてだった。

リーダーはそう言った。

逃げて、逃げて、逃げまくって、それからゆっくり考えればいい。

リーダーは考えた。

そして、逃げちゃいけない。

そう思ったのだという。

自分はこの星を愛している。

改めてその気持ちに気づいたのだという。

自分の気持ちを理解してくれた、初めての地球人。

こんな褒め言葉があるだろうか。

O・Dさんは最初からあいつを受け入れていた。

それがなぜか俺にはわからなかった。

でも、予感がしたのだという。

Gメンバーにはあいつみたいな奴が必要で、最初は反発を受けるかもしれないけど、最後にはみんなきっといい影響を受ける、と。

見た目や肩書きなんて関係なく、人を見る。

付き合う。

思えばあいつとO・Dさんにはそういう共通点があった。

まるで折り紙を折るように、周りの人たちの心を変えていく。

俺たちだけじゃない。

理解不能なはずのＭＥＳＳのことだって。

「はじめちゃんは私たちの太陽」

いつかＯ・Ｄさんはそう言っていた。

確かにそうだ。

最初はまぶしすぎて見られなかった。

そのまぶしさに怒りをぶつけたこともあった。

それでもあいつはめげなかった。

変わったのは俺たちで、あいつは、騒がしく現れたあの日から、一ミリも変わってはいない。

今日は日記帳を抱きしめて眠らない。

俺はみんなの話を聞きながらそう決めた。

読めよ、一ノ瀬はじめ。

聞けよ、みんなの声を。

あれは間違いなく、みんなの、嘘偽《いつわ》らざる、本当の言葉だった。

それはこの俺が保証する。

だから今、俺たちはお前のことを心配してるんだ。

俺はみんなと話しながら、いつか訪問した幼稚園でＯ・Ｄさんが言っていた話を思い出した。

「カッツェも子どもみたいなものかもしれない」

ずっと気になっていた。

もし、あの邪悪な存在のベルク・カッツェも、かつて俺たちがそうだったように、日が暮れるまで遊び続けたい無邪気な子どもだったとしたら……。

俺はみんなに言った。

ベルク・カッツェはあいつを、一ノ瀬はじめのことを、今もどこかで待っているのかもしれない。

もう一度遊んでほしくて。

なぜなら、ベルク・カッツェを本気で相手にしていたのはあいつだけだったから。

俺のそんな言葉のせいで、みんな少し沈んだ顔になってしまった。

O・Dさんがいつものように冗談を言ったけど、その沈んだ空気は二度と戻らなかった。

やっぱり、みんな気になっていたんだ。

あのベルク・カッツェの行方を……。

2015年　8月15日
今日は終戦記念日だ。
この星を守る一人の戦士として、毎年この日には手を合わせる。
どこに向けて、というわけじゃない。

あらゆる方角に向けて。

罪もなく死んでいった人たちのために。

あれから七十年経った今日、また一つの戦いが終わった。

俺はその瞬間を見た。

もちろん完全な終わりではない。

それはあいつのそばにいる俺たちGメンバーがいちばんわかっている。

初めてO・Dさんの涙を見た。

「なんて言えばいいのかわからない」

O・Dさんはあいつの前でそう言って泣いた。

「でも、ありがとうね、はじめちゃん」

俺もまったく同じ気持ちだ。

この気持ちを表現する言葉が、今見つからない。

まず、何を差し置いても、あいつの、一ノ瀬はじめの、深い覚悟に、最大級の敬意を表したい。

あの時の出来事を、一度書こうとしたけど、どうしても書けなかった。

さっきからずっと日記帳の前に座っている。

あいつはもう眠っただろうか。

でも累君もリーダーも、そしてたぶん、O・Dさんも、うつつも、丈さんも、みんなまだ眠れずに起きている。

きっとそうだ。
そんなこと、確かめなくてもわかる。
だって俺たちは仲間だから。
そして今日、その絆はより深まった。
一年前よりも、昨日よりも、ずっと深い関係になった。
もうすぐ夜が明けようとしている。
でも何か書き留めておかなければ気持ちが収まらない。
うまく言葉にできるか自信はない。
でも、なんとか書いてみようと思う。

今日、俺はすごいものを見た。
驚いた。胸がしめつけられて、一歩も動けなかった。
何もできないまま、ただ立ち尽くした。
その時の感じを、俺はまだうまく言葉にできない。
今まで生きてきた感覚、あらゆる感情、喜怒哀楽……どれもぴったりあてはまらない。
とにかく俺はずっと見ていた。
あいつを。
何度も目を背けたくなった。

でも背けちゃいけないと思った。
俺たちってなんだ。
ガッチャマンって、ヒーローって、なんなんだ。
この星のために、一体何ができるんだ。
ほんの一瞬の時間だったのに、いろんなことを考えた。
今もずっと考えている。
答えは、ない。
でもあいつがその答えの入口を作ってくれた。
そう感じている。
今日の午後、あいつからNOTEを通じてメッセージを受け取った。
『今からカッツェに会いに行く』
NOTEを持つ手が震えた。
きっとみんなも同じだっただろう。
俺は震える体を必死で抑えて、その場所へと急いだ。
立川駅のコンコース。
あいつはそこでベルク・カッツェと会う約束をしたのだという。
メンバー全員が駆けつけた。
俺たちだけじゃない。

清水市長を始め、立川の人たちも。
立川以外のあらゆる場所からも、その瞬間を目撃するために、駆けつけた。
それ以外の人たちも、画面を通じてあの瞬間を目撃したことだろう。
累君がガッチャンネルとして中継していたからだ。
それはあいつの望みだった。
『世界中の人に見てほしい』
そのとおりだ。
それはこの星の人たちすべてが見るべき光景だ。
俺たちはそこから何かを感じなければならない。
じゃなければまた同じことを繰り返してしまう。
あいつは約束の地にやってきた。
ベルク・カッツェも来た。
俺たちは身構えた。
何が起きても、戦うだけだ。
己の身を犠牲にしてでも、この星を守るつもりだった。
メンバー全員が同じ気持ちだった。
もし誰かが命を落としても、それは悲しいことだけど、仕方がない。
俺たちには決して消せない思い出がある。

だから、悲しいけど、俺は覚悟を決めた。

その時はあいつがベルク・カッツェに対して何をしようとしているのかわからなかった。

あいつのことだ。

まともに戦いはしないだろう。

そのぐらいの予測はついた。

でも、そんな俺たちの予測を遥かに上回る、とんでもないことを、あいつはやってのけた。

少なくとも俺はあんなこと、思いつきもしなかった。

たとえ思いついたとしても、行動に移せたかどうか自信はない。

それほどとんでもないことだ。

生半可な覚悟じゃできないことだ。

「許せない」

あいつがそんな怒りの言葉を口にすることは珍しい。

いや、俺の知る限り、初めてのことだ。

許せないから、何をするか。

そこにすべてがかかっている。

この戦いを終わらせる鍵がそこにある。

今、冷静に振り返ればわかる。

でもあの時は、目の前で何が起きるのか、まるで想像できなかった。

ベルク・カッツェは次々と周りの人たちになりすまして俺たちをかく乱した。

その時、あいつは言ったのだ。

ベルク・カッツェは、僕らだ。

そう言ったのだ。

あいつがベルク・カッツェに向かってハサミを投げた時、とてつもない緊張が走った。

俺たちは全員、NOTEに手をかけた。

あいつのその行為は、あいつの目に、ついにベルク・カッツェの姿が見えたことを意味した。

だからあいつは、まっすぐ奴に向かってハサミを投げた。

でもそのハサミは、相手を傷つけるものではなかった。

あいつは奴の前髪を切った。

初めて奴の目が露《あらわ》になった。

それは想像していたより遥かに心細そうな目に見えた。

奴は周りの人たちに注目されていることに改めて気づくと、明らかに動揺《どうよう》し始めた。

そうやってあいつは奴の孤独を打ち破った。

これも今振り返るから分析《ぶんせき》できることだ。

でもあいつはきっととっくの昔に気づいていたんだ。

ベルク・カッツェの弱点はまさにそれだということに。

「寂しかったんですね」

あいつは奴に言った。

そして、次の言葉の方がもっと重要だ。

「でも、大丈夫ですよ」

死なない。殺さない。

あいつは、立川での決戦のあの日、俺にそう言った。

自分は死なない。

そして、ベルク・カッツェのことも殺さない。

今日俺が、この星の人たちが目撃したものは、まさにそれだった。

あいつの決意が証明された瞬間だった。

気づくとあいつは奴に向かって駆け出していた。

それは一瞬の出来事だった。

俺は出遅れた。

そして次の瞬間、あいつは信じられない行動に出た。

あいつは、ベルク・カッツェにキスをしたのだ。

一瞬時間が止まった。

そんな気がした。

あのコンコースを包んだ静寂は、きっとこの星のすべての場所をも、強く、優しく包んだことだろう。

やはりうまく言葉にできない。

もっとふさわしい言葉があるはずだ。

でも今は無理だ。

とりあえず思い出せることを書いておく。

あいつは、ベルク・カッツェのNOTEと自分のNOTEを合わせて、自らの胸に入れた。

あの邪悪な存在を、自分の中に取り込んだ。

この星を滅亡に陥れようとした悪魔と、共に生きる決意をした。

それが、あいつが出した答えだった。

誰も想像できなかった。

想像できたとしても、簡単にはできない。

痛すぎる、悲しすぎる、でも素晴らしすぎる答えだった。

俺はその間、ずっと出遅れていた。

あいつが地面を転がって、その痛みに苦しむのを、ただただ見ていた。

すぐに手を差し伸べればよかった。

あいつを抱きしめて、共に苦しめばよかった。

今ならそう思う。

でも、いつかあいつが傷だらけで燃え盛るトンネルの中へ駆け出していった、あの時と同じように、俺はあいつを、ただ見ていただけだった。

あいつは苦しんでいた。

今まで聞いたことのないあいつの声を聞いた。

あいつはあんなふうに苦しそうな声を上げる人間じゃない。

俺たちはそのことを知っている。

あいつは人の前で、弱い姿を見せる人間じゃない。

俺たちは知っている。

でもあいつは、ぶざまに地面を転がって、のたうち回った。言葉にならない言葉を、叫び続けた。

その姿は、いろんな形に見えた。

もちろんあいつにも見えた。

でも、時にそれはベルク・カッツェにも、俺の中に眠る、醜い心にも見えた。

実際に俺の耳には奴の声が聞こえた。

それは本当に醜くて汚い言葉だった。

でもそれは奴でもあるけど、あいつでもあるんだ。

俺の誇るべき後輩、一ノ瀬はじめなんだ。

そんないろんな姿がぜんぶぐちゃぐちゃに混ざって、コンコースでのたうち回っていた。

「はじめ！」

俺はあいつの名前を叫んで、あいつに駆け寄って、なんと、抱きしめたのだという。

記憶はない。
うつつが後で教えてくれた。
夕陽のオレンジが、コンコースにこぼれてきたことは覚えている。
累君とXが好きな夕陽だ。
俺だって好きだ。
少し悲しいけど、ずっと見てると元気になる。
明日は晴れるのかなって。
じゃあ明日も頑張ろうかなって。
覚えていることはそれだけだ。
とにかく、戦いは終わった。
あいつはもう眠っただろうか。
さっきGALAXを開いたら、俺のBARにみんなが集まっていた。
リーダー、O・Dさん、うつつ、累君、丈さん……。
やっぱりみんな起きていたんだ。
「あいつから目を離すな」
リーダーのアバターがそう言った。
「大丈夫よ」
O・Dさんのアバターが言った。

「今までどおり、楽しくやりましょ」

丈さんのアバターはテキーラを注文して、「あいつは俺なんだ」と言った。

みんなの目からも、ベルク・カッツェと一つになったあいつは、いろんな姿に見えたという。

もちろんあいつに見えた。

怯《おび》える自分にも見えた。

恐ろしい悪魔にも見えた。

「でもあいつは、俺たちなんだよな」

丈さんのアバターが言った。

「だから大丈夫だ」

「うまく付き合っていけるさ」と。

「もう寝なさい」とO・Dさんのアバターが言った。

まるでお母さんみたいに。

戦いは終わった。

今日は俺たちの終戦記念日だ。

敗戦じゃない。

俺たちは、負けてなんかいない。

これから、どのくらい時間がかかるかわからないけど、そのことを証明してみせる。

あいつはあいつだ。

どんな時もへこたれない、ちょっとやかましい、厄介な新人、一ノ瀬はじめだ。
さっきあいつの部屋から、苦しそうな声が聞こえた気がする。
もう少し起きていよう。
苦しんでいるのはあいつじゃない。
俺だから。
もう少しだけ、起きていようと思う。

２０１６年　７月２９日

久しぶりの日記になる。

今読み返したら二週間ぶりだった。

日々思うことはある。

でもこの日記を書き始めた去年の初めの頃と比べると、俺もだいぶ変わったような気がする。

子どもみたいで恥ずかしいけど、だいぶ人と話すようになった。

Ｇメンバーだけじゃなくて、大学の友達とか、町の人とか、市役所の人とか、ＧＡＬＡＸで知り合った友達とか、あとはいろんなところから集まってくるクラウズたちとか……。

そうやって誰かと直接話すことで、俺は俺を苦しめていた息苦しさからだいぶ解放された気がする。

でも日記をつけるのは今も好きだ。

時々こうやって日記帳を前にすると、背筋がぴしっとなる感覚がある。

今日は累君が遊びに来た。

高校の友達の話をしてくれた。

この夏休みに生まれて初めてカラオケに行ったらしく、なんだかすごく嬉しそうだった。

まぁ、俺も初カラオケはつい最近のことだったけど。

ちなみに累君は女性の格好、つまり女装をして高校に通っているらしい。

驚きだ。

誤解のないように書いておくが、累君にそういう趣味はない。

好きだから着ている。

前にそう言っていた。

でも、出来の悪い兄としてはちょっと心配になる。

あいつは「大丈夫」って言ってたけど。

「累君は男子にも女子にも人気があるんだよ」と。

でも心配だ。

ちょっと覗きに行ってみようと思ったりもするけど、女装して教室にいる累君を想像すると、なんだか気後《きおく》れしてしまう。

累君がこの部屋から出ていってもうだいぶ経つ。

といっても隣の隣の三号室にいるんだけど。

あの部屋の大画面モニターは何度見ても驚かされる。

Xがまるで本当に生きているみたいに見える。

大きな水槽《すいそう》で、自由気ままに泳ぐ魚みたいに。

今日は久々にメンバーみんなで、この一号室で夕食を一緒に食べた。

今日は記念すべき日だから、書き留めておかなければならない。

この町で起きた革命から一年が経った。

振り返ればあっという間だった。

駅前で慰霊祭が行われた。

今日はそのことを書こうと思う。

清水市長が挨拶するその横に丈さんが立っていた。

丈さんは市長の秘書になったらしい。

スーツ姿がびしっと決まっていた。

菅山首相も来ていた。

相変わらず支持率は高い。

特にGALAXTERの間では。

政治の世界にGALAXを大胆に導入したからだ。

「この国のリーダーは私だけではない」

菅山さんのその言葉は有名になった。

クラウズを免許制にするべきかどうかとか、国会議事堂を建て直すべきかどうかとか、問題はいろいろあるけど、今のところは安泰《あんたい》だ。

今日の挨拶もユーモアにあふれていてすごくよかった。

クラウズは免許制にはしない。

誰でも使えるからいい。

改めてみんなの前で宣言していた。

国会議事堂もしばらく建て直す予定はないという。

「自戒の念も込めて」

そういう表現をしていた。

時々野次も飛んでいたけど、それさえ冗談でうまくかわす菅山さんはちょっとカッコよかった。

大体、『スガやん』なんて可愛らしい名前で呼ばれる首相が今までいただろうか。

そういえばこの前、俺のBARにふらっと来て、ビールを飲んでいた。

菅山さんのアバターは、あいつがデザインした服らしい。

「はじめちゃんは元気？」

菅山さんは俺にそう聞いた。

あいつならもちろん元気だ。

今日も、全国から選抜されたクラウズのダンスチームと一緒に踊っていた。

その後、一緒に、慰霊祭を荒らしに来たクラウズたちと戦った。

子どもたちがまるでヒーローショーを見るように声援を送ってくれた。

俺たちはそうやって、みんなの前で堂々と戦う。

全世界から日々集まってくるクラウズたちが、この立川の町の復興を手伝ってくれている。

あたり前のように俺たちガッチャマンがいて、あたり前のようにクラウズたちがいる。

ちょっと前からすれば信じられない光景だけど、この星は今、そんな感じだ。

リーダーはもうこの星のことを「しょせん保護観察」とは言わない。

「そろそろこの星も出世するかもな」

この前は酔ってそんなことを言っていた。
最近、というか、一年前のあの日以来、Ｊ・Ｊから呼び出されることはない。
この星を脅《おびや》かす地球外生命体が現れていないということだ。
Ｏ・Ｄさんは、Ｊ・Ｊはもう地球にいない気がすると言っていた。
もしかしたらそうなのかもしれない。
それでも俺たちはなんとかやっている。
クラウズがどこかで暴れたら、Ｘが彼らの居場所を教えてくれる。
その情報を元にリーダーが俺たちに指示を出す。
そして俺たちは戦う。
でもそれは戦争じゃない。
死なない。殺さない。
そんな願いを込めて、俺は今日も刀を振る。
おかげで相変わらず単位が危ないんだけど……。

２０１６年　７月３０日

今日は眼鏡を買いに行った。
高校時代の友達と、人生三度目のカラオケの約束をしていたからだ。
カラオケに行くのになぜ眼鏡を変えるのか、不思議に思うかもしれないけど……。

不評なのだ。

自分では気に入っている黒縁のやつが。

青系のフレームの方がいい。

大学の、特に女子にそう言われる。

それで探しに行ったのだ。

久々に会う高校の友達に「似合わない」と言われたらなんだかショックだし。

しかし、「高校の友達」って。

自分で書いていてなんだか気恥ずかしい。

俺にはずっと友達なんかいなかった。

でもあれ以来、あの立川での革命以来、いや、俺たちガッチャマンが世間に出て以来というべきか、俺は学校でちょっとした有名人になってしまった。

別にちやほやされたことが嬉しかったわけじゃない。

「ありがとう」

みんなにそう言われたことが嬉しかった。

今までこの星を守ってくれて、立川を守ってくれて、ありがとう。

みんなそう言ってくれた。

別に俺一人が守ったわけじゃないけど、今までやってきたことが報われた気がして本当に嬉しかった。

話してみたらすぐに友達になれた。

いじられキャラ？

そう呼ばれたことはちょっとショックだったけど、どうやら俺はそんなタイプのようだ。

そんなふうに、俺は高校最後の数ヶ月でやっと友達ができた。

今日は彼らとカラオケに行ってきた。

結局気に入った眼鏡は見つからなくて黒縁のまま行ったんだけど。

案の定、「似合わない」といじられた。

みんなは歌がうまい。

俺はかなり練習していったんだけど、みんなにリズムの問題を指摘された。

リズム……。

GALAXに確かそういう類いのゲームがあった気がする。

練習して、次の機会に備えよう。

ちなみにタンバリンは相当難しい。

2016年　8月1日

今日はCAGEで会議があった。

俺の提案で、東北に行くことが決まった。

ガッチャマンアピール作戦の一環だ。

あいつが、一ノ瀬はじめが発案した、俺たちのことをもっと広く知ってもらおうという作戦だ。

最初に幼稚園を訪問した頃が懐かしい。

あれからガッチャンネルも始めた。

今では俺たちはもちろん、立川市長以下、市役所職員の皆さん、警察官や消防士、自衛隊員の皆さんが次々と出てくれている。

そうして俺たちは立川の復興の様子を伝えている。

それから幼稚園だけじゃなくて、いろんな場所へ行った。

お祭りやテレビ出演、ロックフェス。

全国の病院や養護施設《しせつ》……。

そして今度は東北へ行く。

震災から五年経つけど、まだ復興していない地域がある。

まだ仮設住宅で暮らす人たちがいる。

俺たちはそこへ行って、子どもたちの前で変身する。

有志で集めたクラウズたちと戦う。

いわゆるヒーローショーをやるのだ。

俺がそう提案したらみんなは驚いていた。

確かに昔の俺なら間違いなく反対する側だっただろうから無理もない。

でもこれはずっと前から考えていたことだ。

被災地に行けなかった自分については、アピール作戦を行うずいぶん前から考えていた。

やっと行ける。

もちろん復興作業も手伝わせてもらう。

やれることはなんだってやらせてもらう。

でも楽しんでくれるのが、笑顔になってくれるのが、いちばんいい。

夏休みが終わるまでに行く。

今から楽しみだ。

会議の後は累君と公園で居合いの稽古をした。

ちなみに累君も毎回会議に参加している。

累君は変身して戦ったりはしないけど、俺たちGメンバーの一員だから。

累君は今、刀にハマっている。

この前自分のものも買って、時々一緒に刀を振っている。

最初、累君は女の子っぽいからどうかと思ったけど、意外にセンスがいい。

たっぷり汗をかいた後、梅田《うめだ》さんの話をした。

梅田さんとは、ベルク・カッツェにそそのかされて霞ヶ関を襲撃した集団のリーダーだった人だ。

その罪を問われ、あれから刑に服していた。

その彼が先日、無事に出所したらしい。

真っ先に累君に連絡が来たらしい。

GALAXを通じて。

梅田さんはGALAXTERだった。

その中でも、累君に選ばれた精鋭集団ハンドレッドの一員だった。

でも二人はやがて違う道を歩き始めてしまった。

この世界を今よりよくしたいという最初の思いは同じだったのに。

でも梅田さんが罰を受けた後、真っ先に累君に連絡してきたということは、またその同じ思いを共有したいということかもしれない。

累君もそう思っている。

「一緒に会いに行こうよ」

累君にそう言われた。

もちろん俺は「いいよ」と答えた。

彼には元々興味があった。

俺も前に感じていた日々の息苦しさを、誰よりも深く感じているのではないか。

そう思っていた。

会ってみたい。

話してみたい。

そこに何かヒントがあるような気がする。

この星の誰もが持つ、醜い心について。
それが二度と暴発しないためにどうすればいいか。
それを考えるチャンスのような気がするのだ。
今日、古い日記を読み返してみた。
真っ白い表紙のやつだ。
みんなが言うとおり、俺は変わったかもしれない。
そしてこの星も変わったかもしれない。
でもまるっきり変わったわけじゃない
これは長い長い革命の途中。
革命。
俺がその言葉を口にするたび、あいつは「大げさだ」と笑う。
わかってる。
でも俺にとってあれは、間違いなく革命だった。
そのことを日々書き留めることができてよかったと思っている。
日記をつけることは最近少なくなった。
それはいいことだと思っている。
自分にとっても、この星にとっても。
特に何事もなく、平和だということだから。

でもいつかまたとんでもないことが起こって、去年の夏みたいに、毎日書き留めなければならない時が来るかもしれない。

その用意はできている。

だから今日も刀を振った。

でも、なんとかなるだろう。

そう思えるようにもなった。

俺たちガッチャマンと、警察消防、自衛隊。

そしてスマホという小さな武器を持つ、勇敢な人たちがいるのだから。

だから、きっと、大丈夫、かな?

こんなふうに考えられるようになったのも、もしかしたらあいつの影響かもしれない。

『世界をアップデートするのは、僕らっス～～！』。

あの能天気なGALAXのキャッチコピーは、あいつと累君で考えたものらしい。

見るたびに微笑んでしまう。

そして、たぶん大丈夫だよなって、なぜかそう思えるのだ。

2016年　8月2日

ついに、ハタチになった。

だから、生まれて初めて俺は酔っぱらった。

去年と同じようにメンバーに祝福された。

去年と同じサプライズを始めとして、驚かされたり、恥ずかしいことをさせられたり、とにかくいろいろあったんだけど、ぜんぶは書き切れない。

一つだけ書くなら、これはほんとに恥ずかしかったんだけど……。

女装をさせられた。

累君の服で。

ミニスカートを穿くとこんな感じなのかと、あたり前だけど生まれて初めての感覚を味わった。

とにかく、スースーして困った。

メイクもした。

あいつとうつつが、本当に楽しそうに。

みんなも笑ってくれた。

みんなとはGメンバーだけじゃない。

今年の誕生パーティーは去年よりずっと人が多かった。

清水市長たち、いわゆるチーム立川の人たちも来てくれた。

高校や大学の友達も、いつの間にかあいつが連絡してくれて、来てくれた。

それからGALAXで知り合った新しい友達も。

そんな中、メイクをされてミニスカートを穿いたのだ。

もう怖いものなど、何もない！

それから俺は立川駅南口のBARに行った。

丈さんと二人で飲むためだ。

丈さんから「飲みに行こうぜ」と言われるたびに、未成年だから断ってきた。

念願の飲み、だ。

BARなんて初めて入ったから緊張した。

丈さんはいつもこんなところに来ていたのか。

カウンターで並んで飲んだ。

最初はビールだった。

周りの友達のほとんどは、成人する前に一口ぐらい飲んだことはあると言っていたけど、俺は正真正銘《しょうしんしょうめい》、まったく初めての体験だった。

ありきたりな感想なんだろうけど、苦かった。

「喉《のど》で飲め」

丈さんがわけのわからないアドバイスをくれた。

丈さんはやけに嬉しそうだった。

ちょっと酔っぱらった目つきでじーっと俺を見たり、髪をくしゃくしゃにしてきたりした。

いろんな話をした。

最近、丈さんは市役所で、定時を超えて働いているらしい。

「いろいろ忙しくてよ」と言う丈さんの顔は、なんだか楽しそうに見えた。

丈さんはお酒が強い。

次から次へと新しいお酒を頼んで、あっという間に飲み干してしまう。

俺はビールの次は、店員さんに勧められるままにカクテルを頼んだ。

みんな長くて聞き慣れないカタカナの名前ばかりで覚えられなかった。

今でも思い出せるのは、スクリュードライバー。

それだけ。

なんだかカッコいい名前だから覚えている。

ジャックターというお酒を丈さんに飲まされてから、ところどころ記憶がない。

断片的には覚えている。

丈さんは去年、俺と喧嘩した話をしていた。

夜の花みどり公園での出来事だ。

「お前の拳は案外痛かった」

そう言っていた気がする。

俺の記憶では、ほとんどパンチはかわされて、あっという間に丈さんにねじ伏せられてしまった気がするんだけど……。

もしかしたら丈さんの「痛かった」という言葉は、そういう意味じゃなかったのかもしれない。

「感謝してる」

そんなことも言われた気がする。

丈さんが、俺に、感謝？

そんなことは初めてだ。

嬉しい。

でも、酔っぱらってない時に言われたかったな。


「お前は別に一つじゃないからな」

そんなことも、確か言っていた。

大人になるということは、複雑になってしまうということ。

でもそれは悲しむべきことじゃない。

ぜんぶ自分。

綺麗なところも、汚いところも。

それをぜんぶ受け止めて、生きていくしかない。

時にやり切れなくなっても、絶望して死にたくなっても、ぐっとこらえなきゃならない。

酒でも飲んで、笑っとけ。

確かそんなようなことだったと思う。

丈さん、ちゃんと聞けなくてごめんなさい。

俺のせいじゃないです。

あのジャックターという、強すぎるお酒のせいです。

でも丈さんは途中から、俺にというより、自分に言っているように見えた。

間違ってたらすいません。

もしよかったら、今度また飲みに行って、いろんな話をしてください。

それから俺は丈さんの肩を借りて、駅前のあの場所へ行った。

(丈さん、すいません。俺、重くなかったですか?)

あの場所とは、駅前にできた慰霊碑のことだ。

丈さんの発案で建てられた慰霊碑。

巨大な花をモチーフにしたデザインは、あいつ、一ノ瀬はじめによるものだ。

その派手で楽しげなデザインは慰霊碑っぽくない。俺は個人的にあいつの派手な部屋を思い出してしまう。

「楽しいことを思い出してほしいから」

あいつはそう言っていた。

今でも慰霊碑の前には、たくさんの花やろうそくが供えられている。

丈さんがライターでろうそくに火をつけて、俺たちは手を合わせた。

「なんかあったらここに来て手を合わせろ」

俺は丈さんの言いつけを守って、時々足を運んでいる。

手を合わせて、祈るたびに思う。

あの日のことを決して忘れてはならない。

志半ばで死んでしまった人、生き残ったけど今も苦しんでいる人、そういう人たちのためにも……。


俺たちのすぐそばにもいる。

あいつ、一ノ瀬はじめのことだ。

もう眠っただろうか。

あれ以来、あいつがベルク・カッツェと共に生きることを選んだあの時以来、あいつが静かに眠りに就いたか、確かめる癖がついた。

今日は大丈夫そうだ。

あいつの部屋から苦しそうな声は聞こえてこない。

あいつはあれ以来、一人でいろんな場所に出かけている。

海や山や街、それからＧＡＬＡＸの様々なオフ会とか。

正確には一人じゃない。

あいつの中にはいつもベルク・カッツェがいる。

「いろんなものを見せてあげたい」

そう言っていた。

俺たちはあいつに何もしてやることはできない。

ただあいつが静かに眠れているか、気にかけてやるぐらいだ。

あいつは、今ではほんの時々になったけど、苦しげな表情を見せたりする。

時には寝込んだりもする。
でもそんな時、決まってあいつの部屋から話し声や歌声が聞こえてくる。
そうやってあいつは、醜い心と共に生きていこうとしているのだ。
俺はその歌声を聴くたびに一安心する。
昔はあんなに嫌だったあいつの歌を聴いて安心するなんて、なんだか妙な感じだ。
この先あいつがどうなっていくのか、誰にもわからない。
あいつはそれほどとてつもない決断をしたのだ。
でも、なんとかなる。
あいつにならって、そう考えるようにしている。
みんな俺に尋ねる。
「はじめちゃんは元気ですか？」
みんなそのことを気にしている。
「元気ですよ」
俺は必ずそう答える。
元気じゃない日も、同じように。
そう答え続けていれば、本当にそうなるような気がするのだ。
もちろん覚悟はできている。
あいつの身に何かが起こったら、いつでも刀を抜けるように。

いつでも仲間と共に戦えるように。

気づいたら、すぐに体が動くように。

じゃなきゃあいつに笑われてしまう。

「先輩、しっかりしてくださいよ」とかなんとか、あいつなら言うに決まってる。

明日、みんなでバーベキューに行く。

Gメンバーだけじゃない。

俺の友達や、みんなの友達と一緒に。

バーベキューなんて生まれて初めてだ。

今から楽しみで仕方がない。

俺をずっと苦しめていた息苦しさは、いつの間にかどこか遠くへ消え失《う》せてしまった。

悩んだら誰かと話をすればいい。

困ったら誰かに聞けばいい。

それさえも勇気だと、今は胸を張って言える。

今はまだ見えぬ翼。

J・Jにいつか言われた言葉を思い出す。

その見えぬ翼を、俺は今、ちゃんと手にしている気がする。

それがなんなのか、言葉で説明するのは難しいけど、ちゃんとこの手の中にあるような気がしている。

振り返ってみれば、これは戦闘日記ではなかった。

もっと、俺の心に関するものだ。

俺が新しい翼を得るために、必要な作業だったのかもしれない。

これからも日記は書き続ける。

日にちが空いてしまうこともあるだろうけど、気づいたら何か書き留めようと思っている。

今日はいい日だった。

あいつの部屋からかすかに歌声が聴こえてくる。話し声が聞こえてくる。

たぶん、大丈夫だ。

そろそろ眠ろう。

明日はいっぱい肉を食べるぞ！

ガッチャ！

それでは、おやすみなさい……。

おわり

あとがき

今回、ノベライズを引き受けたものの、けっこう悩んだ。

『ガッチャマン クラウズ』は社会的なメッセージを含む作品で、スリリングに展開するアクションヒーロー物でもある。

でも小説にするにあたって、そのどちらにも焦点をあてる気にはなれなかった。

もっと違う角度から描きたい。

ならば順当に、主人公である一ノ瀬《いちのせ》はじめの視点で描こうか。

それもうまくいく気がしなかった。

はじめは最初から最後まではじめであって、いわゆる成長とは無縁の存在だからだ。

もしはじめの視点で書いていたとすれば、原稿用紙二枚程度で終わっていたかもしれない。しかもその内の一枚は意味不明の言葉や歌で埋め尽くされていただろう。

ここまで書いてみて、この作品に関わり始めた頃のことを思い出す。

僕は一ノ瀬はじめのことがあまり好きではなかった。

はじめは最初から答えを持っている人間だ。

しかもそれをちょっとふざけたノリで表現する。その言動や行動がどうにも好きになれなかったのだ。

ま、自分で書いといてなんだけど……。

だから僕は橘《たちばな》清音《すがね》という男を頼りにした。

はじめを理解できない自分の気持ちを彼に託した。

彼がはじめに突っ込み、まっすぐに怒りをぶつけることで物語を成立させようとした。

橘清音はきっといい奴だ。

まっすぐ悩み、怒り、戦う男だ。

本当の正しさとはなんだ。

ヒーローとはなんだ。

彼は常にそういうことについて悩んでいただろうと思う。

そして他の誰よりも一ノ瀬はじめのことを理解できない人間だ。

でもはじめと何度もぶつかりながら、ちょっとずつ彼女を理解し、そのことによって変化し、成長していった。

つまり、より主人公っぽいのは橘清音の方なのだ。

そして僕は橘清音の視点で描くことを決めた。

でも、それでもまだ何か足りないような気がした。

彼の一人称でシリーズの流れをそのままなぞっても、なんか面白くない。

そもそも脚本家本人が書く以上、ただのノベライズにするつもりはなかった。

シリーズとは違う、一つの独立した作品にしたかった。

どうすればいいのか。

〆切がどんどん迫っていく中、日々悩んでいた。

時には丈のように、すべてを投げ捨てて酒を飲んだくれたりもした。

そんなある日、中村健治《なかむらけんじ》監督がいつか言っていた言葉を思い出した。

なぜG《ジー》メンバーの変身アイテムをNOTE《ノート》、つまり手帳にしたのか。

今回の敵はネットの中にある。

自分の言葉を全世界に公開するのがあたり前になった今、つまり誰もが表現者になれるネット社会全盛の今、その流れの対極にあるのは、たとえば手帳のような、誰にも見せることのない、超個人的な物を愛することなのかもしれない。

彼はそう言ったのだ。

超個人的なもの……手帳とか……。

そうだ、日記だ！

ある夜、そう閃いた。

思えば僕も若い頃、日記をつけていた。

今考えれば、誰に見せるでもないものを、よくもあんなに長い間書いていたものだと思う。

でも本来、日記とはそういうものだ。

本当に自分が思っていること感じていることというのは、本来そういうものなのだ。

清音なら日記をつけているかもしれない。

清音はたぶん友達がいない。

Gメンバーたちともほとんどプライベートな話はしていないだろう。

本当に思っていることを誰に話すでもなく、日記にだけ書いていてもおかしくはない。

そう思ったのだ。

そして僕は橘清音の日記を書き始めた。

彼に成り切って、悩み苦しんでみた。

すると彼の中で蠢《うごめ》く、様々なものが見えてきた。

ふつうの高校生であることをあきらめて一人の戦士となった使命感と孤独感。

日々、正体不明な地球外生命体と戦い続ける葛藤。

スマホに触れたことすらない自分が、世の中から取り残されていく焦燥感。

バラバラなGチームに対する不安と憤り。

特に師と仰いでいた丈《じょう》に対しての、深い失望と悲しみ。

彼は毎日葛藤している。

やはり彼こそがこの物語の真の主人公だ。

そう確信した。

僕は、視野が狭く、頑固で堅苦しかった十代の自分を思い出しながら日記を書き続けた。

清音には、いや、いわゆる少年というものには、こうであってほしい。

不器用ながらも、少しずつ周りの世界を受け入れて、時にはへこみ、時には怒りながら、前に進んでいってほしい。

誰だって最初は小さな籠《かご》の中にいる。

孤独で、不安で、窮屈で、何もかも思い通りにならなくて……。

でもやがてそこから、勇気を持って旅立っていってほしい。

そう願いながら書き続けた。

自分が記し続けた、誰にも見せない言葉たちに背中を押され、少年から一人の男になっていく。

そんな清音の姿を描きたかった。

そんな不器用な若者がいてもいい。

誰にも見せない世界を持っていてもいい。

やがてそれは必ず自分の助けになる。

僕自身もそうだった。

携帯やパソコンがない時代に十代を過ごした。

時々思う。

あの時僕は自分の部屋の中で何をしてたんだろうと。

本を読み、音楽を聴き、日記を書く。

多分そんな感じだったんだろう。

今振り返れば退屈だったのかもしれない。

でもそれが無駄だったとはまったく思わない。

それどころか、あの時間は、その中で得た感覚は、確実に今の自分を形作る一要素になっているると思う。


今回、この小説を書くことで、そんなことを思い出した。

この小説は『ガッチャマン クラウズ』のノベライズ版ではあるけど、アクション物でも、社会派の作品でもない。

一人の少年の、苦悩の記録である。

でもその小さな視点から、脚本を書いていた時には見えなかった様々な景色が見えた。

彼を取り囲む人たちの、新たな魅力に気づくことができた。

この不器用な日記をいつまでも書き続けていたい。

いつしか僕はそんな気持ちになっていた。

そして無事に書き上げた今、彼の背中をバシンっ！と叩いて、こう言ってやりたい。


橘清音よ、お前がんばったな!!


この小説に関わったすべての人に感謝します。

そしてこの物語の続きを書ける日が来ることを、心から待ち望んでいます。

ガッチャ。

大野《おおの》敏哉《としや》

ガッチャマン クラウズ ノベライゼーション
SUGANE NOTE 2015-2016

2014年2月5日 初版発行

原作　タツノコプロ
著　大野敏哉《おおのとしや》
イラスト　キナコ

装丁　宮下裕一［imagecabinet］
編集　桑子麻衣
企画協力　串田 誠
協力　タツノコプロ

発行人　原田 修
編集人　串田 誠
発行所　株式会社一迅社
〒160-0022　東京都新宿区新宿2-5-10 成信ビル8F
03-5312-6132（編集部）／03-5312-6150（販売部）

DTP　株式会社三協美術
印刷・製本　大日本印刷株式会社

ISBN 978-4-7580-1358-1
Printed in JAPAN